拨响尘封的心弦

□邓才升 著

吉林文史出版社

图书在版编目（CIP）数据

拨响尘封的心弦 / 邓才升著 . -- 长春 : 吉林文史
出版社 , 2021.6
ISBN 978-7-5472-7820-8

Ⅰ . ①拨… Ⅱ . ①邓… Ⅲ . ①散文集－中国－当代
Ⅳ . ① I267

中国版本图书馆 CIP 数据核字 (2021) 第 125735 号

拨响尘封的心弦
BOXIANG CHENFENG DE XINXIAN

著　　者	邓才升	
出 版 人	张　强	
责任编辑	钟　杉	
封面设计	西　子	
出版发行	吉林文史出版社	
电　　话	0431-81629357	
地　　址	长春市福祉大路 5788 号	
邮　　编	130117	
网　　址	www.jlws.com.cn	
印　　刷	天津兴湘印务有限公司	
开　　本	145 mm × 210 mm　1/32	
印　　张	7.25	
字　　数	180 千	
版 印 次	2021 年 6 月第 1 版	2021 年 6 月第 1 次印刷
书　　号	ISBN 978-7-5472-7820-8	
定　　价	50.00 元	

质朴本真扣心弦

——邓才升散文集《拨响尘封的心弦》

温菲

　　邓才升先生，我与他是发小。工作后，他抓"笔"，我抓"铁"，隔行如隔山。也因此联系多，却相聚少。才升的文集《拨响尘封的心弦》要出版了，嘱咐我给文集写个序，由于杂事繁多，一拖再拖，年关将至，颇有些紧迫了。

　　邓才升先生与我同属江西芦溪县人，且是同村。他在赣西一所颇有名气的职业中学做老师，先后任学校办公室主任、项目办主任、工会主席。他在繁杂又繁重的工作时间之外，坚持读书与写作，难能可贵。他曾于 2006 年出版了诗词集《情落人间》，赠过我一本，细读之，情真又意切，感人且至深，很有些文字功底。

　　也许正是这样的感受，我翻看着摆在书桌上的散文集《拨响尘封的心弦》，读着读着，一种质朴本真之感受油然而生。才升先生的散文，让人怦然心动的不在少数。字里行间，蘸满情感，质朴、通透，直达本真。本原的叙事，本色的写景，本真的写情，"本真"成为《拨响尘封的心弦》文集的最大特色与亮点，

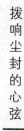

可谓之此书的灵魂和生命。

文集收入的五十篇文章是才升近二十余年来，写的反映各种内容的散文。作为一位赣西农村走出来的作家，才升对散文这种文体，运用和把握得很不错。他的散文有工作记事，有写景抒情，有生活感悟，有闲暇游记。其中既有大量感性细腻描述，也有对生活乃至人生的理性思考。也正如此，作者在自然村野间寻找本原，在日常生活里追求本真，在人生奋进中思索本色。他的散文，本色生活，本真生存，君子操行，跃然纸上，意境深邃，洁净灵魂，情深悠悠，扣人心弦。

他在第一辑《梦幻家园》的《难忘老家》中写他家乡的河时，"遗落在乡间地头的儿时疯狂，时不时蹦出脑海"。一个"蹦"字，言简意赅，情之真切，活灵活现。在描写"家乡之泉水好"时，"不知为何，如今过滤可卖钱，那家家户户的桶装水，与之没法相比"。如此感慨，让人信服。他在叙述骨肉亲情时"好不容易挨到傍晚开饭，饭甑内只剩下小半碗，懂事的哥哥和姐姐，谦让给父母吃，佯装打着饱嗝，端着空碗走开，年幼无知的我，抢碗剐甑见底"。"剐甑见底"，凡是经历过那年月有过贫寒童年的人，读来谁会不荡气回肠？父母教给了我们顽强拼搏的生活态度，知道怎样善良，懂得如何感恩。"虽然贫寒，却知善良懂感恩，这难道不是做人最起码该有的本色"？

作者在《放牛》中，描写小牛时，"小牛犊一般活泼可爱，胆小怕人，总恋在牛妈妈周围"。寥寥数语，逼真传神。"牛群有时也像人一样，吃饱了撑的，会决斗打架。尤其是在发情期，牛顶起架来，眼红似血，喘着粗气，你死我活，惊心动魄""公牛间你追我赶，疯上好一阵子。有时候却是我们故意，牵来两头好斗架的公牛，让它们比试，孩子们在旁边震天呐喊"。观察入微，乡土味足，读来十分亲切。农村味十足的，还有《捅马蜂窝》与《偷黄瓜》等文，"回到家时，眼睛肿得像桃子，鼻子肿得像茄子，嘴唇肿得像梨子，脸颊肿得像包子，活脱一个猪八戒，整整半月不敢出门"（《捅马蜂窝》）。"我与辛老伯说及儿时那次偷黄瓜的往事，听后，我愣愣的，好久都没说一句话，但是心里却是暖暖的，感激的眼泪倾流而下"。（《偷黄瓜》）

另外，作者在《秋韵》中关于牵牛花，这样写道："但我最能记忆起的还是那湛蓝湛蓝的牵牛花，似乎要得到所有人的宠爱，而我却偏偏喜欢牵牛花""花开得虽然圆小，却十分玲珑，乍一看去就有怜爱之意，令人想占有却不忍折取，只好在一旁站着，痴痴地望着它，心里禁不住骂道：你这迷人的花"。把花比人，充满情趣，又不失幽默。"我爱冬天，更敬佩具有冬的精神的人"。在《冬之赞》里，作者借景抒情，点化主题，自然脱俗。

文集第二辑《至爱亲情》，"至爱"更是展现得淋漓尽致。"我又逃课到校外的台球室，豆珠般的汗在父亲的脸上淌下。头上紧紧地缠着我小时候围过的围巾，父亲竟忘了习惯性地擦"。"父亲从上衣口袋掏出手绢，小心翼翼地逐层剥开。我知道，父亲是准备给我饭钱，父亲左手拿着钱，右手蘸着口水，一张又一张地慢慢数，数了一遍又一遍""每当耳边响起刘和刚演唱的《父亲》这首歌时，那真挚的歌声与歌词，似乎能穿透我的内心，使我感同身受，泪水涟涟。这时，我总觉得，刘和刚是在为我单独演唱"（《父爱如山》）。"单独演唱，简单一词，却力透纸背，穿透人心！这些话显然在母亲肚里憋了很久，我静静地听着。昏暗的灯光下，母亲泣不成声，苍老无助与憔悴写满了母亲的脸"（《母爱如海》）。母亲的形象，令人动容难忘。又如"第二天起床我使劲回忆，可是怎么也想不起，岳母告诉了我了些什么。我想，岳母大概是要她女儿三姐妹，夫妻之间和和睦睦，好好地活着，幸福地活着，把她余下的幸福一并活着"（《母亲节里思岳母》）。"有人说，好男人必须同时具备三个条件：一是责任

感，二是事业心，三是有担当。令我自豪的是，这三条在我的二哥身上，他不但全都做到了，而且还做得是如此的好"（《我的二哥》）。在《妻爱如火》中，"最后，妻子选择了相信我，可妻子的醋劲之深广与持久，令我头皮发麻。妻的种种鲜明特色，我曾感觉它是一种困扰，妻子爱唠叨，是我的福气；妻子爱干净，是我的脸面；妻子爱吃醋，是我的清醒剂。妻爱深深，妻爱如火。妻的爱，怎一个火字了得"。这难道不是对生活的一种深刻领悟？

像这样的好文，还有《命运坎坷的三哥》和《四哥》。如，"突然，三哥那熟悉的背影，映入眼帘！三哥嗫嚅着，始终没说话。我怔立原地，心一揪一揪地痛，任凭泪水默默地流淌""可每次面对三哥，我时常心想，命运格外坎坷的三哥，是不是很伟大？若是人生非要如此，我宁愿我的三哥，余生一点都不伟大！一点都不"（《命运坎坷的三哥》）。再如，"谢谢四哥对我的关心与疼爱，我心里一直这样想着，假如有来生，我还做父母的幺儿，还做四哥的小弟"（《四哥》）。若非真事真情，不可能有如此之感慨！特别是在《来生还要做父女》一文里，作者写道："从你出生那天起，我一个粗枝大叶的大男人，愣是陷入了女儿的温柔小意里，一猛子扎进去，回首已是二十一年。""雅儿，你知道吗？生命中有女儿的爸爸是幸福的，幸福的爸爸也要感谢你。假如一个人没来世，今生今世，尽可能活得久些，只为可以多做一会儿你父亲；假如一个人有来世，下一辈子，我和你一定约好，来生还要做父女！"那种对女儿爱至肺腑的"真"情感，呼之欲出。

文集第三辑《百味人生》中的《斑驳岁月》等文，生活感悟，至情至性，娓娓道来，清新悦目。如："茶香暖心，心随茶静。茶香瞬间，湿润双眸，让生命触摸岁月真实的脉动。"《我的宣职，我的痛》《人在职教》《永远的母校》，也是如此。"可对于宣职的改制，现在回想起来，依然不能完全释怀，它还是给我留下了永远的痛楚，也在我心中一直留有不能触摸的伤口。如今我把它写下来，正是为了不能忘却的伤痛"（《我的宣职，我的痛》）。"我心夜半犹啼血，不信你身唤不回。人在职教，问心无愧。沧桑岁月无悔，苦辣酸甜自知"（《人在职教》）。"难忘母校的一年四季。四季的母校，美丽至极，每个季节都有它不同的气质，不同的色彩。如果母校的花草有记忆，那在它的记忆里一定储存着我的身影。母校，您永远是我梦里最美好的记忆"（《永远的母校》）。再如，《感谢磨难》《平凡英雄彭文仁》《难解的书法情缘》《招生三日记》等，都有这一特色。

文集第四辑《闲言心语》中的《桥》《给离婚书退稿》《死结》《昨夜，小偷光顾了我的家》《有一种面子叫低调》等文章都质朴本真，耐人寻味。而我最想说的是《假如我中了五百万》一文结尾处："望着两只流浪狗，还在疯狂争抢我扔掉的包子，我顿生感慨，心中涌起无限悲凉与无奈。心想，我往日那些买彩票的钱，和那中五百万的梦想，算是喂了狗！"为什么"悲凉与无奈"？令人感慨，令人思索。而在《哭之随想》里的句子，"环顾四周，这种人，还不少，真让人欲哭无泪"，也有上述异曲同工之妙。

在才升的散文中，有多篇不仅见其散文功力，更见其不畏艰难、砥砺前行的人生观。文集第五辑《人在旅途》里，如《杭州游记》里写道："杭州是一座可以和天堂齐名的城市，杭州的美，尤其西湖的美，让人沉醉。如果你来杭州，你就能明白顾城诗里的世界""'门很低，但太阳是明亮的，草在结它的种子，风在摇它的叶子，我们站着，不说话就十分美好'"。在《春登武功山》中"朋友说那段路有树、有溪、有花、有石，很美的，都是你当时的心情作怪呢，你真没眼福。细思起来，朋友的话是有道理的。其实，人生何处不是这样的呢""爬的时候觉得累，只听到自己呼呼地喘气声，但一旦回头再欣赏来路时却没有了疲倦的感觉，我是个喜欢一边走路一边看风景的人，因为生活如此，生命如此。那样的户外还有什么境界，我们一路不辞辛劳，不就是为了欣赏一般人所看不到的风景，不就是为了体验常人难以体验到的对美的感悟和生命的意义么"。《厦门之旅》一文"我想，今天观游的人群中，应该不会只有我一人回忆起学生时代的过往吧""到鼓浪屿不得不提的是榕树的须还能再长长，当它碰到地面时，就会钻入土里，开始又一轮的生命。正如这里的人们，坚韧自信，勤劳勇敢，有着顽强的生命力""看着日落，看着大海，我忽然很感怀：人生啊，就这么短，每个人都是一颗沙粒，那么渺小，却又那么的美丽"。借景感叹，表达对生活的热爱与感悟，过渡自然，恰到好处。

才升的游记散文，另一个特色是有内涵，有张力，情景交融，借景抒情。题为书名的《张家界游记》，叙说了"金鞭溪走了大半后，我们沿着山路攀登。途中遇见很多轿夫，都是赤膊短袖上阵，这往上抬可要点儿本事。徒手的我们尚且觉得疲劳，他们会不累？不禁为他们的辛劳感叹。"由自己的疲惫，推及轿夫的辛苦，充分表达了作者对普通劳动者的同情与赞美！"电梯升到山顶，回后证明此言不假，但之前看美景把眼养刁了，就觉得一般般了。这就跟人过日子一样，由差到好易，由好到差难啦"。结尾"迷人的张家界，让人流连忘返的人间仙境，我们下次何时再见"更是以景托情，借景抒情。

《秋游天堂寨》文中"下山时，途中，我们遇到了十来个背负大包小包的游客，他们找了几个挑夫，替他们挑着行囊，一个个累得粗气长喘，正朝回走，不由心生感慨。其实，人生就像登山，太在乎那些繁复的身外之物，反而是累赘，一路必定辛苦；相反，简单前行，则身心轻松快乐"。写景，言之有物；抒情，达之有情。《上海印象》写两次上海之行的强烈对比，文字朴实而委婉，把上海的美，写得明朗而感人。尤其是结尾处"第二次的上海之行，让我忽然对这个城市产生了极大的好感，甚至莫名地深深爱上了她！比起第一次，感觉上有了天壤之别。我想，除了第一次的仓促，更多的是，与女儿将在这里生活四年，甚至可能扎根这里有关吧"，作者爱屋及乌的爱女之情，着实令人怦然心动。

从总体上说，才升创作的《拨响尘封的心弦》文集，无论叙事抒情，写景写人，都能做到缘事而记，缘情而发，几乎在其每一篇文章里，你都会或多或少地嗅到平民生活的五味杂陈，多角度触及作者对草根生活的那份眷恋与深情。这一切，奠定了这本文集的基调：贴近生活，质朴本真。

是为序。

序作者简介：温菲，男，汉族，1972 年 8 月出生，江西省芦溪县人。中共党员，大学本科学历，曾任江西萍钢钢铁有限公司炼铁厂成本技术科科长，冶炼工程师。现为江西省萍钢安源钢铁有限公司原料公司经理助理。由于业绩突出，温菲荣获 2015 年全国劳动模范称号；2018 年，当选为第十三届全国人大代表。

你虽平凡，不负青春

——读邓才升散文集《拨响尘封的心弦》有感

刘志萍

　　20 世纪 80 年代末，我和邓才升同入芦溪中学求学，他高我一届。那时候我们都是十几岁的天真少年，无忧无虑，风华正茂。才升学长给我的印象是聪明好学，多才多艺，诚信友善，性格豪放，吃苦耐劳，积极上进。特别是数学成绩，用现在的说法，就是"学霸"，作为文科生，才升先生曾创造全县数学竞赛第一名的"奇迹"。另外，他还擅长书法与笛子演奏，而他的语文写作更是出类拔萃。

　　高中毕业后，我们又先后考入同一所大学：萍乡学院。大学期间，才升先生就读政史专业，我学的是英语。那时，常能见面，交流却少。参加工作后，我与才升学长的单位虽在同县，东南各自一方，相互之间的联系并不多。

　　真正与才升先生熟悉、交心，是在 2002 年之后。那年由组织安排，我从同县的一所职业中学调入宣风职业中等专业学校任副校长，才升先生任学校办公室主任。因为工作关系，加上早就相识，同属性情中人，感觉心越来越近。

刚参加工作的头几年，一身才气加豪气的才升先生，很有些不安分：公考、借调、下海等，多次"折腾"，然命运弄人，花尽开，果难结，始终原地踏步。现实无情地击碎了才升先生的"仕途"梦，火热的青春在轰轰烈烈的追求中流逝，我们不知不觉"奔五"了。

俗话说，四十不惑，五十知天命。年近五十的才升先生，从已走过的人生道路来看，虽然平凡，却颇有些坎坷。这些，从他的自传式的回忆散文中，可见端倪。在此，我不想赘述。而我更想说或者不得不说的是，面对生活的不公或不平，才升先生对生活的热情是压抑不住的。邓才升先生认真的生活态度，在近半个世纪的滚滚红尘中不卑不亢，建树连连，一路到今天！他，从一个普通老师，到高级教师；从一个普通员工，到工会主席；从一个文学爱好者，到作协作家，其间有着多少我们旁人不知的辛酸和努力！尤其难能可贵的是，在农村极其简陋的生活工作条件下，作为主要参与者，才升奉献了几乎全部的青春热血，陪伴单位走过了一所农村职业中学不可思议的发展经历：1994年11月，武功山中专学校升格为省级重点职业中专；2010年2月23日，学校晋升为国家级重点职业学校；2018年6月4日，设立，普通中等专业学校；2018年9月27日，成为"国家改革发展示范学校"。学校多次被评为全国先进单位，攀上了农村中职学校领域的顶峰。时间的刀锋，在飞逝的岁月时空里，雕塑着一块块坚实而清晰的丰碑；在这些丰碑的长廊里，我们都自觉不自觉地铭刻一种真实经历和涂抹一种属于自己的颜色——理想的骨感和生活的艰辛，不会泯灭才升先生对美好人生的不懈追求。

其实，生活正如才升先生自己所说，"生活决不仅是一首抒情诗！生活，其实更需要自力更生，艰苦奋斗这样的武专精神"。才升先生把所有的时间和精力都投入到工作中，无暇他顾。虽然极其喜爱文学，但他基本没有时间对文学去"发展耕

拨响尘封的心弦

耘"。直到近年来，随着单位的快速进步和稳定发展，自身家庭的担子减轻，才升先生才有一些"空闲"时间进行文学创作。可他这追逐文学创作的闸门一开，立刻激情奔涌，一篇篇带有浓厚乡土气息的华彩乐章，扑面而来！在他的散文里，我们不仅看到了我们芦溪家乡"城镇的高楼别墅，崭新的农村田园"生活，还感受到了他对奉献了一生智慧和汗水的武功山中专的骄傲。是啊，一生在"武专精神"和"武专辉煌"的浸润下，使人的境界高远，文采飞扬，身心坚韧！咀嚼着才升先生走过的激情岁月，我终于禁不住呐喊：你虽平凡，不负青春！

与邓才升先生相识相知近三十年，今欣逢他的散文集《拨响尘封的心弦》汇结出版，粗读后感慨不已，谨以此文代序。

刘志萍于寒舍

2019 年 12 月 16 日

序作者简介：刘志萍，男，汉族，1973 年出生，江西省芦溪县人。中共党员，大学本科学历，中学高级教师。现任江西省萍乡市武功山中等专业学校校长。

无情岁月多情君

——漫谈邓才升散文集《拨响尘封的心弦》

李笑龙

20世纪90年代初，我在家乡一所中专学校就读时，邓才升先生在该校任教，邓老师任教我的政治课。我们从此相识。

他当时刚大学毕业参加工作不久，因此他比我只长了几岁，加之，邓才升先生酷爱书法，缘此他和我走得较近。他常常教诲我书法之法，我也经常叨扰并请他教导指点，邓老师给了我很大帮助。其间，我在书法竞赛中也取得些许殊荣，毕业后，我考入景德镇学院学习并取得些微薄成绩，至今一直热爱书法，邓才升老师对我有很大帮助。他与我，可谓亦师亦友。

那时的邓才升，奔放率真，善侃健谈，才情四射，风华正茂。自学校一别，再见他时，时光已到了2013年，中间竟隔距十六年。这年八月，邓才升先生送女儿到上海嘉定读大学，我在昆山千灯生活并寓居于此。其间，他在我寒舍小住了两日，我也抽空陪他及其夫人、女儿，去千灯古镇与周庄古镇逛了一圈。这时的他，虽率真如初，风度依然，但身材微微发福，也略显沧桑。岁月无情啊！

可此次重逢，大出我的意料，自是无情的岁月，生活的锤炼，却"锻造"了一个"多情"的邓先生！这，从他的散文集《拨响尘封的心弦》一书中，几乎随处可见。正所谓：无情岁月多情君。

古今中外，文人墨客，写文抒怀，无论诗词歌赋，或是散文随笔，"故园与亲情"自是绕不开且不衰的两个主题。邓才升先生也是如此。他在《拨响尘封的心弦》一书中，五辑里就有两辑篇幅，是书写此类主题的，即第一辑《梦幻家园》和第二辑《至爱亲情》。在这两辑中，《难忘老家》《放牛》《捅马蜂窝》与《偷黄瓜》《秋韵》《冬之赞》，以及《父爱如山》《母爱如海》《母亲节里思岳母》《四哥》《妻爱如火》《来生还要做父女》等篇，"多情"自始至终贯穿成一线。与我儿时生活在农村的乡情如出一辙，莞尔清情。其中父母兄妹的"骨肉情"，对黑妞的"惜牛情"，对岳母的"感恩情"，对辛老伯的"感激情"，对妻和女儿的"挚爱情"等等，所有的"情"，更像是一颗颗晶莹剔透的珍珠，串在《拨响尘封的心弦》之中。通篇读下来，一股浓浓的乡土情味扑面而至。

看邓才升先生的这本散文集子，里面虽也有自己生活的失意与艰辛，如《我的宣职，我的痛》《人在职教》《招生三日记》等，但总体来说，内心的坚强与"多情"感恩的气息格外的浓厚：如《斑驳岁月》《永远的母校》《厦门之旅》等等。而我以为，正是生活的坎坷、失意甚至磨难的炼狱，才"锻造"了百折不挠且对生活始终如一"多情"的邓才升。他的文字，朴实无华，一如他的话语与穿着，纯净、质朴、素颜；亦如他的外貌与性格，敦实、谦逊、柔和。但邓才升的"多情"里，又自有一种对人生哲理的思索，一种不细心悟读，难以觉察的"娓娓道来"。如，"途中，我们遇到了十来个背负大包小包的游客，他们找了几个挑夫，替他们挑着行囊，一个个累得大喘粗气，正朝下走，不由心生感慨。其实，人生就像登山，太在乎那些繁复的身外之物，反而是累赘，一路必定辛苦；相反，简单前行，则身心轻松快乐。"这是作者在《秋游天堂寨》描写下山的情景，但他由"下山""多情"至人生思考，自然巧妙，踏雪无痕！所有这些，不仅很好地表达了作者的思想情感，也充分展示了作者的非凡笔力。

俗话说，文贵真情。难能可贵，在散文集《拨响尘封的心弦》中，"多情"的邓才升，更做到了处处真情。真实的人，真实的景，真实的事，真实的心。纵观全书，邓才升先生的散文，客观又真实地反映了一位乡土作家对家乡的真情，对时下火热现实生活的另一种个性"视角"和全方位"诠释"。另外，邓才升的散文，"多情"之中自有一种独特的从容之美与诗意境界。当然，邓才升先生的散文集《拨响尘封的心弦》，还有很多"美意"和特色，有待于有幸看到此书的读者诸君去发现、挖掘。由于本人才疏学浅，《拨响尘封的心弦》内涵丰富，我虽读多遍，但百言难解其一。

总之，邓才升先生的散文集《拨响尘封的心弦》，汇集了作者爱恋生活、率性生活的自然本真，体现了作者为人为文、敬业爱家的赤子情怀。也正是有了这种赤子之心与丰富的"多情"，使得邓先生面对生活时，自有一种宠辱不惊的淡定与风骨。

序作者简介：李笑龙，男，汉族，祖籍江西芦溪县。字云从、小聋，书画镌刻家，己未冬生。别署：三乐斋、从印山房、翕堂等。毕业于景德镇学院艺术系，现寓居江苏昆山亭林，好书法，工篆刻，善绘瓷。艺术作品曾参加国礼陶瓷装饰设计，参加故宫博物院五十周年国庆古陶瓷底款设计及绘制，入展《上海陶瓷艺术文化壁画长龙展》并被收藏。2016年自编自费印刷《云从书法篆刻图集——读好书，写好字》免费赠送源南学校及武功山中专学生。篆刻《系列地名印》被芦溪县博物馆收藏展示。

目录

CONTENTS

拨响尘封的心弦

第一辑　梦幻家园

成长的幸福，付出无比璀璨可转瞬即逝；
麻木的灵魂，轰轰烈烈拥有如夜空烟花。
喧嚣的浮华，渐渐苍白留住它最后纯真；
忽略的生活，灵魂家园绚烂却日益思恋。

芦 城 夜 景

　　我的家乡芦溪，对于那些生长在大城市的人们眼里，芦溪只是一个无名的小县城，甚至都没有听说过它的名字。可在我的心里，它的"身份"位置却高不可攀。特别是芦城的夜景，简直就是一幅世界上最美的画！每每夕阳西下，晚霞撒在大地上，远山如粉似黛，袁河波光粼粼，房舍掩映于树丛之中，如丝的烟岚来去飘拂，整个芦城，柔软如酥，土香馥馨，恬静安详，充满生机。这是我的包衣地（出生地），不论走到哪里，芦城都萦绕在我的心房。

　　四十年前，我求学于芦城时，还是少年时代。课余或周末，傍晚闲暇携友漫步芦城街，心里总是很有些惴惴不安。那斑斑驳驳的旧石板铺就的小巷，或坑坑洼洼灰尘漫地的老街，难得有一盏两盏晃悠的路灯，即使偶尔遇上一盏，那昏暗的灯光，犹如田野飞舞的萤火虫。只有地处芦溪县城中心的芦溪小学的十字路口及周围的头牌、亭子下、马家巷等地，才有一排规整的路灯，灯光却照样昏暗得很。大部分地区，晚上昏黄模糊，甚至黑灯瞎火也是常有之事。随着改革春风吹遍祖国大地，家乡芦溪迎来了第二个春天。这时的芦城，路平了，街宽了，地面变成了宽阔平坦

拨响尘封的心弦

——

004

的水泥路，路的两旁栽种了许多绿树、花草。人们居住的房屋，也由过去的平房变成了一栋栋漂亮崭新的楼房，宽敞的人行道左右两侧，簇簇鲜花竞相开放，往日的凹凸路不见了，取而代之的是一条条四通八达、平坦宽阔的水泥路，路上车水马龙，一辆辆自行车、摩托车、汽车，闯入了人们的生活中。芦溪变得越来越美了！街道两侧的楼房前，还种上了四季常绿的风景树，高树矮树相互映衬，加上各色盛开的鲜花，怎一个"美"字了得！风景树的上方，挂着形式各异的路灯，每到夜晚，路灯绽放出花一样的光，那光温和又明亮，照着夜行的人、夜走的车，在空旷的星空中熠熠生辉，与四围千家万户门窗发出的亮光连成一片，又成了亮丽祥和的芦城夜景图。

有人说，大城市的夜景总是那么惊世骇俗，多是喧嚣而热烈的，让人流连忘返。而小县城的夜景却似小家碧玉，那么温柔娴静，不争不抢、不紧不慢、不吵不闹，她就静静地待在那里，不经意间撩拨你的心弦。我认为，这话形容芦城，再贴切不过！

20世纪90年代是芦溪进步较快的时代，芦溪与之前相比已是改头换面。更加宽阔平坦的柏油马路代替了水泥路；一栋栋外饰瓷砖的高楼大厦代替了水泥墙面的楼房；各中小学校园，宽敞明亮的教室取代了原来的拥挤昏暗，焕然一新的水泥操场使得校园里不再尘土飞扬……日落之前，芦城美景万千；日落之后，芦城夜景更醉人心扉。徜徉其间，绚丽多彩的灯光，丝毫不会让你感到寂寞，也不会过于热闹。此时的芦城，似披上了一层绚丽的彩衣，静谧神秘。

五年前，当我首次踏上中国香港的大地，流连在夜的香港街时，看到当地街道两旁的寻常绿树上，都挂满了如星星般的灯光装饰，灯光闪烁，五光十色，令人眼花缭乱，仿佛置身于仙宫瑶池，那一份如诗如歌如梦般的人间仙境，令人身心震撼无与伦比。当时就心想：故乡芦城，何时能拥有如此美的夜景？从此内心充满着期待！

谁承想，芦溪近年来一年一个样，年年都有大变化。进入新世纪，尤其是近三年来，家乡芦城发生了翻天覆地的变化：夜幕降临，华灯初上，掩映在晚霞中的芦溪县城，显得如此耀眼璀璨。那新建的火车站、居民小区、工业园区，到处是繁忙的建设工地，或是金碧辉煌的高楼大厦，整齐漂亮的住房，通宵达旦的灯光，加上光彩夺目的广场霓虹灯，将美丽温柔的芦城打扮得格外性感迷人。城东的县人民医院，高耸入云，是全省数一数二的县二级医院，也是芦城地标性建筑；金鹰广场，每至夜晚，灯火璀璨，流光溢彩，广场舞动，劲歌飞扬！当黄昏的光芒悄然离开，日江大道两旁的路灯，新天地小区步行街街头的路灯逐渐亮起，把这漆黑的夜空，装扮得璀璨浪漫，与亲友邀约闲逛，美妙的灯光洒在行人脸上，流光溢彩，魅力多姿！城南省道级别的旅游之路——芦万公路，彩色地面，似一条飘带，蜿蜒伸展。

袁河，芦城的母亲河！千百年来，她就如此流淌，滋养万物。她从家乡腹地流过，或悠悠然然，或浩浩荡荡，不仅给芦城得天独厚的自然条件，而且赋予家乡人民以浩然正气。袁河是芦溪的一颗掌上明珠，河的上游河堤，近两年修建为芦洲公园，既是河防也是公路，使芦城从此远离水患，又使交通更加便利。它的一边是逶迤东去的河之上游，一边是一望无际的田地，朝晖夕阴，气象万千。城中袁河两旁的夜景美丽如画，暮色降临，数千盏各色街灯如满天璀璨的繁星，以靓丽的外形，勾勒出县城瑰丽夜景。河畔的霓虹也随之点亮，远近高低不同的建筑在灯光的照耀下错落有致，倒映在波光粼粼的河水里，像跳动的音符。美轮美奂的"金色外滩"小区，像一首融入了芦城"山、水、城、人、文"的抒情小诗，让梦回故乡的意境与韵律随着河水静静流淌。史书记载：北宋初期著名的哲学家、思想家、文学家周敦颐曾在芦溪为官，并在此设堂讲学。芦溪民众对这位理学大师曾经在芦溪生活过而引以为荣，设立了濂溪祠、宗濂桥、濂溪书院以示纪念。此地民风淳朴，名人辈出。而今更是人才济济，文武兼备，被誉为"教育强县""文化强县"。

芦城的西南美食城，更是美食者的乐园，整个城里灯光璀璨，鳞次栉比的商店门前闪烁着七彩的霓虹灯，白天的繁华和热闹已慢慢归于平静。美食城的四周有花坛，各种花草，五彩缤纷，还不乏名贵花卉，偶见一处小桥流水，宛如江南人家。芦城的人们早已衣食无忧，假如你抽空登上狮山公园，晚上的密林深处，林间小道，曲曲折折，早已灯火阑珊，美得如梦如幻。站在公园山巅眺望，远处正在临河建设的新教育园区，几十栋大楼，巍然屹立。可惜我没摄影机，手机拍摄技术也很一般，没有把那里的景象拍摄下来。诸君若有兴趣，惠顾芦城，实地踏勘，或观光或投资，在下极愿为您作"导游"。紧挨着狮山公园的沙湾广场，一到晚上更是游人如织，有汉魏风格的文化长廊、亭台碑刻，在灯光的照射下，熠熠生辉，成为居民休闲游玩的好去处。夜宵店与门市前妩媚柔和的灯光，比珍珠，似琥珀，像翡翠，如水晶，映衬着绿树成荫的广场，如夕阳流霞，似火树银花，让人感到即使身处上海滩也不过如此。沿人民路往县政府方向，道路两侧串串火红的灯笼和中国结，如繁星点点，衬托出喜庆的气氛。那洁净又庄严的县政府大楼，悬挂在人行道绿化带和花池里的"流星雨"彩灯，时暗时明，时上时下，分外迷人；那武功大道两旁昼夜不息的高耸的大路灯，又带着人间烟火的味道，排排红灯笼沿街高挂，平添了几分温柔，像极了父母期盼游子的温柔目光；那短街小巷里暖意洋洋的夜照灯，像是热情如蜜的芦溪人张开长长的手臂，正欲拥抱远来的宾朋。

芦城的迷人夜景，是芦溪县近年来着力打造"宜业宜居宜游"县城的成果。新一届县委县政府，以实用节能为前提，以美观大方为要求，实施城市美化和亮化工程，先后对城区主要街道和沙湾广场、芦洲公园等市民休闲游园场地进一步实施了灯饰美化装扮。所有这些，既是改善城市宜居环境、提升城市形象品位、美化城市景观的有力举措，更是一项重要的民生工程。在城市亮化布局中，当地把夜景照明亮化同芦溪厚重的历史文化底蕴、生态禀赋、城市建筑相结合，通过照明亮化工程，营造出精致温馨的氛围，使城市呈现出生态之美、和谐之美、宜居之美。如今的芦城，尤其是在晚上，在霓虹灯的映衬下，绚烂如画。

　　芦溪的美，尤其芦城的美，让人沉醉。这里，千百年来，不知令多少家乡游子为之倾倒？又流传着多少美丽动人的故事？什么叫温婉俊秀，景美如画？什么是清新可人，天上人间？你来芦溪走上一走，就都有了答案。

（此文刊登于 2019 年第二期《芦溪》28）

难 忘 老 家

  我的老家在芦溪县银河镇京竹村，往东距银河镇十公里，往西南距芦溪县城约十五公里。西靠银凤岭，北倚石头山。村路两旁是依山傍水的房舍，虽然普通，但处处都是干净整洁的，行走其间，仿佛进入了一幅美丽的山水画卷。贯村而过的京竹河，供全村田园浇灌、人畜饮用，她孕育着老家近三千父老乡亲，也给村民们的生产生活带来许多方便，可以说是我们村的母亲河。我从小在河边长大，熟知那里的山山水水，遗落在乡间地头的儿时疯狂，时不时蹦出脑海。

  求学工作后定居县城，总是为生计奔忙，回老家次数屈指可数。随着岁月流逝，我越加思恋那块生我养我的地方，难忘那片原汁原味的山野风光。

  难忘老家，是频频入梦扰心的家乡之河。它，不宽也不急，准确地讲是一条小溪。村委会在溪水的中段，从村委会顺溪而上西行，就是全镇最高峰银凤岭，海拔五百多米，主峰分为前后两个山顶，远远望去，像一对情侣相互深情凝望。银凤岭与上栗县赤山乡毗邻，走山路二三里就有景点龙须洞。刻在石壁上的"龙须洞"三个苍劲大字，据说是晚清时当地名士刘凤诰所书。从村委会沿溪而下往南走，不到一里就是东风水库。村民房屋，大多隐藏在河流两旁郁郁葱葱的树林中，不近溪边难见其形，我的老家就在其间。东风水库是一个小型人工湖，当时举全乡人民之力，互帮互助而建造的，至今还承担着全镇半数的农田灌溉任务，也是全市第二大水库。老家的小溪，四季清澈见底，蜿蜒盘旋，缓缓而流，酷似少女颈上的飘带。溪底有数不清的小石子，多半黄白相间，在阳光照耀下闪闪发光。

小溪两旁多是陡坡峭壁，溪岸左右旁是狭长的山丘，被勤劳的人们开发耕耘着，大大小小的梯田，层层叠叠。收获时节，稻穗飘香。梯田间田垄青草肥美，是农闲放羊牧牛的好去处，也是孩子们戏耍玩闹的乐园。天刚转热，中午或放学后，我们一有空就泡在河里游泳。打水仗，摸鱼虾，站在五六米高的石岸上跳水，赤条条的在水里翻来游去，或仰泳，或侧游，扎猛子，不亦乐乎，常常忘记了回家的时间。感谢小溪，它给了我们孩童时代无穷无尽的快乐。老家的小溪，比起那些名山大川，的确不值一提，也鲜有人顾及，但我却对它情有独钟。

临近村委会的小溪左岸岩石处有一山泉，不管多么干旱，山泉总是昼夜不枯。山泉明净甘甜，可以直接饮用。寒冬入口，如饮甘醇，通体顿生暖意；酷夏渴饮，似浴清凉，身心酣畅淋漓。不知为何，如今过滤可卖钱，那家家户户的桶装水，与之没法相比。小溪至水库段的农田两旁，为发展经济，近几年引种了观赏入药两用菊花，现已成花海，金灿灿的一片美不胜收。

难忘老家，是银凤岭漫山的杜鹃花。每年开春，杜鹃花盛开，站在银凤山巅，满目成片的杜鹃花娇艳欲滴，置身于花海之中，令人神清气爽。若是运气够好，赶上雨后天晴，更是心旷神怡。只见远处群山葱茏青翠，错落的村舍依稀可见，峰峦炊烟重叠，云雾缥缈，宛如仙境。每年都有不少慕名而来的游客上银凤岭或观杜鹃或赏山景，成为我老家的一大亮点。土生土长的我，理所当然多会被相识客友邀请作向导，游玩银凤岭。

老家北面的山峰，原名不叫石头山。因山上石头多，石块质量上乘可做石灰炼水泥闻名，家乡人称之石头山。久而久之，真名倒不记得了。石头山，可是我们老家的宝山，它为当地县属一家年创税逾亿元的知名品牌水泥厂，源源不断供应原料，就像母亲哺育着孩子，也为村民提供了上百个就业岗位。石头山虽有丰富的资源，可当地人却不贪心，一边开采一边回填再补种树苗，防治水土流失，维护生态平衡。村民极其爱护大山，大山也用自己的方式，回馈老家的人们。

更让我难忘老家的，是洒落在石头山的儿时记忆。每次回老家攀登石头山，我都会心潮澎湃，往事历历在目。记得儿时的我，总是在石头山丛林中砍柴，摘野果，挖笋，摘金银花。六七岁时，父亲带着去，到了八九岁，与哥哥们或邻里发小结伴而行。在出发的路上，一路欢歌笑语。对于那个年龄的我来说，外面的世界总是刺激新奇。

刚开始，我只会劈柴，不会捆绑。只知用自带的绳子捆扎，然后用扁担穿起，松松垮垮，显得笨重。捆柴，可是技术活儿，不学或力气小是捆不紧的，山路挺远，没捆好是挑不回的。在砍柴的地方，一般都有陡滑的小道，是人们砍柴伐木常年拖出来的。在陡坡中间，拖出凹槽，把砍好的柴捆好，搬到小道上方，轰隆隆地一捆捆往下滚，有时，人也顺槽滑下。到了平地，再用扁担穿好，省时省力。砍柴带饭只是偶尔，多是带着生番薯，更多是采些柿子或其他野果就地解决。如带番薯，到了中午饿了，往往哥几个或伙伴们，找些石块，堆成小灶。火柴自带，弄好干枝、枯叶，点燃。一会儿功夫，香喷喷的烤番薯就好了。拿出早备好的水壶解渴，接着分吃番薯。大家吃的是那个香，那个满足。如今在城里吃夜宵偶尔也尝过烤番薯，总觉味道差得远。吃饱喝足，整齐行动，口哨唤回形影不离的家犬，挑着柴，哼哈着、摇晃着，那份得意，像是打了胜仗班师回朝。边挑边不时回头，石头山越来越小，内心顿涌出一种征服与成就感。

　　后来慢慢的老家也不烧柴了，先是烧煤，再后来是煤气、太阳能。可童年砍柴的感觉，那份艰辛与快乐，却是怎么也挥之不去。如今久居城内的我，已不太能干体力活，挑点儿东西，脖子酸痛。仔细想想，有点儿忘本啊！

　　最让我难忘老家，是那荡气回肠的骨肉亲情。父母历尽千辛万苦，把我们六姊妹抚养长大。因为八口人吃饭，只有父母两人挣工分，口粮缺口大，常是番薯丝和米饭，番薯丝占大多数。最艰难的时候，吃了上顿没下顿。寒冬季节，兄弟三两个共睡一床，盖的是破旧单薄被子。一件上衣或裤子，往往从大哥穿到最小的我，只有到了补得无法再补，才会用来做抹布。忘不了，因为太过贫穷，幼年的我们，用瘦弱的肩膀分担着家庭的担子，放牛、割草、砍柴、插秧、挑粪，没完没了的累活儿脏活儿，有时只能偷偷抹眼泪。永远忘不了，那阵农村吃"大锅饭"，我至今刻骨铭心，饥肠辘辘的我们，终于等到父亲排队领回的饭，却是稀得可照见人影的汤粥。好不容易挨到傍晚开饭，饭甑里只剩下小半碗，懂事的哥哥和姐姐谦让给父母吃，佯装打着饱嗝，端着空碗走开；年幼无知的我，抢碗剐甑见底。更忘不了，那年暑假，我在父亲的石灰窑劳作，因太乏太累，刺鼻的窑烟，把我熏倒在窑旁。幼年的艰辛，太多的苦难，让人疼痛切肤；最忘不了，还是因为家里太穷，姐姐和我只能一人继续求学，父母无奈，要我俩抓阄。姐姐为了我能读书，偷偷跑到村建筑队做小工，几天都故意躲着父母，直到我肯去上学。当时读书成绩优秀的姐姐，不管老师怎么劝她也不肯去学校。事后姐姐背着我暗自流泪，只有我知道，姐姐内心是多么想读书啊！

　　贫寒的童年，让我们六个兄弟姊妹，都过早地品尝了生活的辛酸艰苦，所以至今，我们都格外珍惜彼此间那份浓浓亲情。虽然父母没能够给我们丰厚的物质财富，但父母教给了我们顽强拼搏的精神，让我们知道心存善良，懂得感恩。

　　为了怀念那片山水，我网名就叫难忘老家。难忘老家，老家难忘。离家越久，对老家的记忆更是挥之不去，思念老家之情更切。人之将老，魂牵梦绕的，总是老家。那是生我养我的包衣地，是自己永不迷失人生方向的地方，是做梦都不能放下的牵挂，是儿女们永远的精神家园。

放　牛

　　我五六岁时，就开始给生产队里放牛挣工分。每天清晨，天刚蒙蒙亮，父亲就会把我们兄妹几个一齐叫起。哥姐他们，顶成人劳力，但开工分比大人却少三分。我尚小，主要任务是放牛，一年抵成人一月工分。

　　记忆中的童年时光，常常与牛相伴。农家的孩子，自小对牛就怀有特别感情，只要空闲，小伙伴们总喜爱绕着生产队的牛群玩耍。生产队的耕牛约有十几头，或许有二十头，已记不太清楚。只记得大多是水牛，也有黄牛，还有三四个小牛犊。母牛长得高大圆浑，显得结实有力，性情也较温驯。公牛个头大且桀骜不驯，常会蹦跳或用犄角顶人，不太好惹。小牛犊一般活泼可爱，胆小怕人，总恋在牛妈妈周围。我放的是一头黑色母水牛，四肢强壮，体态匀称，身上的毛溜光锃亮，像刚擦完的皮鞋。我与它相处四年多，特别喜欢它，给它取了个外号叫"黑妞"。

　　"黑妞"对我似乎也很有感情，它惯用温和的目光看着我，两只眼睛大而有神。在它面前，我是放心又放肆的。时常摸摸头、拽拽角、扯扯耳、摇摇尾。有时，趁"黑妞"趴地睡觉，甚至爬到它身上，它也从不生气。

　　放牛常要起早，最难的是起床，睡眼惺忪，极不情愿。这时严厉的父亲，总是掀起被褥，硬生生把我拽起。如遇上雨天或寒冬更是痛苦。那时家穷，买不起雨伞，只能戴着破斗笠披着旧蓑衣，回家早被淋个大半身湿透。当然，若天放晴心情好，放牛是一件快活的事。我与邻里发小们，会炫耀着带上小人书，骑着自家牛，朝着约好的目的地进发。将牛绳缠在牛角上，拍拍牛屁股，纵任它自由活动。放牛间隙，树旁坡顶，溪边岸头，田间过道，跳皮圈、捉迷藏、掷沙包，这里的一切都属于我们。不觉间，天慢慢暗了，也玩儿累了，这时候牛和人都格外快乐。我们又骑上牛，耀武扬威地冲锋在牧归路上，那真是说不出的惬意。

由于年终生产队要评比，牛平时吃饱吃好，才会膘肥体壮，放牛的主人才能评上先进。谁评上了，生产队会奖励一块肥皂或毛巾。在今天，这奖品太过平常。要知道，在当时可是稀罕物。

因此，放牛的首要任务就是让牛把肚子吃饱，选择草青肥美的地段。年年放牛，常活跃于陡峭丘岭，南北山冲。当然，在稻田麦地里放牛，不能让牛吃稻子麦苗，因为那是生产队的命根子。尽管如此，由于我们贪玩，还是偶有此类情况发生。

从老家向东约一里地远，有个地方叫社冲坳，又叫干塘窝，也是我们放牛的广阔天地。干塘窝里有一口大池塘，名不副实，四季不干。塘窝边四周是连片的青草，还有茂密丰盛的冬茅，那是牛的最爱，也是我们放牛的首选。

每每这时的社冲坳，是一片欢乐的海洋。牛童们时而坐在牛背上，任凭它闲庭信步，追着头顶的蓝天白云，听着虫儿悦耳的鸣叫，嗅着鸟语花香的微风；时而含着竹片吹奏，卷着树枝草叶折叠小船，放在水面上漂荡，或折成风车，高举着奔跑，迎风旋转，感觉人和自然已溶化在一起。如果肚子饿了，我们就会钻到菜园地里去寻吃的，如黄瓜、小豌豆等，都鲜嫩可口。这里的菜园地，多又广，最适宜我们躲藏，十来个孩子，一晃就钻得不见踪影。

我们之间，有时也会搞点儿恶作剧。记得老家屋后，有个张小胖子，小气爱吹牛，大伙看他不顺眼。一次，不知是谁折了一棵板栗树枝，偷偷地夹到他的牛尾巴里。牛本能地一甩尾巴，众多的毛刺就钉在了牛屁股上，牛疼得乱蹦乱跳，三两下就把那个张小胖子摔得鼻青脸肿，弄得他眼泪一把一把的，大伙却乐得东倒西歪。

　　牛群有时也像人一样，吃饱了撑的，会决斗打架。尤其是在发情期，牛顶起架来，眼红似血，大气促喘，你死我活，惊心动魄，当真"牛"气得很。公牛间你追我赶，疯上好一阵子。有时候是我们故意牵来两头好斗架的公牛，让它们比试，孩子们在旁边震天呐喊。

　　放牛对责任心的要求其实蛮高，除了稻田麦地，菜园子也是禁地。有事轻则受骂重则挨打。牛糟蹋菜园，可是大事。记得有一次，我与同伴只顾观赏牛顶架，忘了看管"黑妞"生的那头不到半岁的小牛犊，结果小牛犊跑到附近菜园子，把刚发嫩芽的菜苗吃个精光。就当大家忘乎所以的时候，隐约听到背后传来一阵叫骂声，是生产队长的声音，听上去感觉非常气愤。我们听见叫骂声，吓得慌忙拽着牛，贼一样躲进了池边林子里。晚上回到家里，少不了挨了一顿打骂。那年放牛，是我唯一没有领到奖品的一次。

　　放牛起早摸黑，经风历雨，秋去冬来，苦霜冻雪，是常有的事，但对于我来说，毕竟是欢趣更多。四十多年来，时间冲淡了万千悲喜的生活印记，但当年为生产队放牛的往事却历久弥新，成为我永远珍藏不忘的记忆。

捅马蜂窝

俗话说，马蜂窝捅不得。马蜂一般不会主动攻击人，但如果被惊扰，它们便会群起攻击。所以，捅马蜂窝要特别小心。可年少淘气的我，却偏偏喜欢干一些危险刺激且招人烦的事，捅马蜂窝就是其中之一。

山区的老家，马蜂窝特多，大概是那里气候温暖潮湿的缘故。马蜂又名胡蜂，而我们当地人则称之黄蜂。马蜂对空气质量十分敏感，喜欢在通风透气的地方安家。篱笆园子的草丛中，房顶屋檐的旯旮里，院前坡旁的稻垛上，都是它们的地盘。除了在这些地方安营扎寨外，它们还可在四五丈高的树上筑巢。每年三月上旬，马蜂开始频繁活动，往往刚到下旬，便开始筑巢，繁衍后代。它的巢多是褐色如球形，巢壳似鱼鳞片状。筑巢之初只有少数几只马蜂，但不用三四个月，数量剧增，蜂巢就会被"撑"得像皮球般大，大的直径可达三尺左右。

记得那年我上小学二年级，早晨去上学的路上，两个小伙伴神秘地告诉我，塘边的树杈间，发现一个大马蜂窝。因为马蜂整天在路上飞来飞去，行人与孩子们吓得都躲着它们。大家知我胆子大，也好捅马蜂窝，央求我帮他们解除威胁。

二话没说，我就爽快答应了。在孩子们的簇拥下，我像打仗时的将军一样，雄赳赳气昂昂地来到了现场。捅马蜂窝可是个技术活儿，一般用火烧和蛇皮袋套住两种方式。火烧一般是先蒙住自己的头，套上一件厚衣服，挑着绑有枯草干的长棍，点燃后在马蜂窝附近熏烧几下，再慢慢移靠马蜂窝。赶走附近的马蜂后，迅速用蛇皮袋将马蜂窝套住。随后，我拿出另一个装着石灰末的蛇皮袋，向马蜂扬洒石灰，往往绝大多数马蜂纷纷中招，四处逃窜。经过近半个钟头的人蜂大战，马蜂窝总算被连窝端掉，威胁消除了，这可是我捅马蜂窝最顺利的一次。

马蜂窝成功捅掉，路上又恢复了往日的欢声笑语。大伙对我竖起大拇指说，要不是我，他们现在还提心吊胆呢！

有些地方情况复杂，一般来说，捅马蜂窝就得花一两个钟头。

还有一回，到达现场后，我发现马蜂窝驻扎在屋檐下一根横木的中段外侧。我决定从房间的外面窗椽上攀过去，利用蛇皮袋将其摘除。早已得我吩咐的伙伴，提上绳子和蛇皮袋等工具，像待命的士兵一样在下面等候着。这时，我心中往往会涌起阵阵得意。上去之后，我发现马蜂窝太大，并且上面全是马蜂，根本无法打开窗户，我当机立断：用火攻。顿时，受到惊吓的马蜂，四处逃窜，在蛇皮袋中嗡嗡乱飞，个别漏网的马蜂，则不停地向我发起攻击。整个过程持续了一个多钟头。此后，我还在四周扬洒了一些石灰粉末，这样做主要是为了防止回巢的马蜂再来筑窝。

淘气的孩子，更爱恶作剧。记得有次我捅了一个马蜂窝，用黄皮纸包好，带到学校。早课前夕，同学们还在玩儿，我一进教室，故意把黄皮纸抖落，马蜂立即四处乱飞乱窜。说来也怪，马蜂并不去蜇其他同学，而是对着我袭来，直追得我落荒而逃。事后我想，还真是应了那句老话，害人终害己！

常在河边走，哪有不湿鞋！到处捅马蜂窝，被马蜂蜇伤是难免的，常是旧伤口未愈，新的伤口又再现。每年的8—10月，是

马蜂最活跃的时期，许多马蜂喜欢在住宅楼窗台等处筑巢安家。记得十三岁那年夏天，我注意到屋檐下有一个马蜂窝，起初并不是很大，没人在意，但是连下几天雨后，忽然就变成像脸盆那么大，孩子们终于坐不住了。他们都不敢在那里玩儿了，很多大人外出和回家都绕着走，生怕被马蜂蜇伤。我自告奋勇，费了九牛二虎之力才捅完。正准备离开时，七八只隐藏在头顶的马蜂向我袭来，到处蜇我，痛得我直叫。回到家时，眼睛肿得像桃子，鼻子肿得像茄子，嘴唇肿得像梨子，脸颊肿得像包子，活脱一个猪八戒，整整半个月不敢出门。那次，差点儿要了我半条小命，伤痕至今隐约可见。

马蜂窝，全身都是宝，马蜂成虫、幼虫和蜂巢均可入中药。捅下来的马蜂窝，我会迫不及待地将它卖到村里的药店，换个三毛五毛，买上几本小人书或吃上几根冰棒，那是我童年最快乐的事。

偷 黄 瓜

　　天真烂漫的童年，经历过许许多多的趣事，就像满天的星星一样，多得数不清。特别是偷黄瓜的"囧"事，在我的心中留下了难以抹去的痕迹。

　　那年月，肚子经常是小半饱，小孩子又疯玩儿好动，又没有零食，往往饭后不到半小时，人就饿得肚子咕咕叫，很难受！在饥饿的驱动下，我做了几回贼，偷摘黄瓜填饱肚子。

　　那是一个暑假的大晌午，我与几个发小在野外放牛。玩儿着闹着，肚子又饿得开始咕咕叫了。几度搜索，几次商量，我们把目标锁在放牛地附近的辛老伯家，决定偷他家园子里的黄瓜。

　　辛老伯家的菜园子里，有许多诱人的新鲜蔬菜瓜果：一个个红红的西红柿，一颗颗埋在地里的花生，一根根或白或绿的黄瓜。恼人的是，他家养有一条黄狗，躁烈得很。往往一有风吹草动，就汪汪地叫。我灵机一动，计上心来，和其他小伙伴商量，决定从侧面迂回智取。为了不惊动狗，我们小心翼翼地从屋旁绕道走后面的那条小路。我们在篱笆边草丛中蹲下埋伏好。然后，大伙死死盯住倚靠着竹席打盹的辛老伯。我们心想，天这么热，他总会回屋去睡上一阵的。可是，等了半天仍不见他起身，眼睛半眯着，不停地摇着扇子。蹲得腿酸脚麻的我们急得心生烦躁，只差喊出声来，骂道"你这个死老头"。

准备放弃时，机会却出现了！

辛老伯那瘦得像枯藤般的媳妇儿，拿着一个扫帚，叫他过去帮忙晒稻子。辛老伯刚一转身，我们就瞅准这个空隙，几个人猫着腰，偷偷地窜进菜园，正打算动手，可恶的黄狗叫了。第一次偷黄瓜，就胎死腹中了。

有了第一次的教训，第二次我一不做二不休，干脆请来了经验丰富的隔壁邻居，外号张麻子的伙伴做帮手。

那天，也是晌午，太阳火辣辣的。安顿好牛群，我们佯装要去辛老伯家左侧的池塘洗冷水澡。经过菜园时，那一个个翠绿或橙黄的黄瓜，遍布整园，或挂或晃，或倚或躺，有的还伸出篱笆半头。美味几步之遥，唾手可得，馋得我们小嘴口水直流。可篱笆旁的黄狗，似石狮一样蹲坐着，吐着长舌，很吓人。我们都望着张麻子，让他拿主意。

张麻子瞅了我们一眼，显着几分得意地说，跟在他后面，不要出声就可以，他来偷，留我接应，其余人都把风。接着，张麻子从裤袋中拿出早有备好的几块肉骨头，扔向黄狗。张麻子小心翼翼地掰扯黄瓜，不时传递给我。四五分钟左右，我便用衣服包了十多根。正欲撤退，被辛老伯发现了，他跺着脚怒吼着赶过来。大家吓得屁滚尿流，尤其后面那几个伙伴，脚底抹油，只顾一溜烟狂跑，谁还记得放风任务。离园子最近的张麻子和我，更是拼了命地跑，匆忙间，各自掉了一只鞋子。所幸辛老伯没有追上我们，骂声也越来越模糊。

我俩连滚带爬地跑回家，狼狈至极。到家门口时，月上梢头，估计有十一点了，我躲在院外喘息了很久。父亲习惯劳作到深夜，所以没有睡，看到我进屋就盘问我去什么地方了，怎么回来这么晚。我虽然淘气，但从不骗父母，支支吾吾地说了实话。最后，当然不可避免地挨了一顿臭骂。后来读了书才知道，鲁迅笔下的孔乙己，说读书人窃书不算偷。我想，饿孩子偷瓜也不算贼吧？

多年后，有次回老家，我与辛老伯说起那次偷黄瓜的往事。他说，其实你们几次偷黄瓜，我都没告诉过你们家大人，吼你们骂你们，都是自己解解气。我也知道你们都饿得不行，当时要追，哪能追不上？听后，我好久都没说一句话，但是心里却是暖暖的，感激的眼泪倾流而下。

秋　韵

秋天美，美在她的夜，美在她的花，美在她的寂寞与豁达。

每当夜幕降下，天是蓝蓝的，牧归的儿童一路喧哗，带着歌声，带着笑语，无邪而潇洒。

天渐渐黑了，黄黄的灯光从各自的家门口散向模糊的马路，路的另一端的两旁，通黄的灯光也从各自的家门口散向这一端，那家家户户半开半掩的门，就像一个个醉汉乜斜的双眼，里面是一片祥和。农民暮归后仍然匆忙，外面是万顷萧索，秋收后的稻田，盛满了漆黑，夜也渐渐地深了，门也陆续地闭了，天空中隐约出现几丝呆滞的星光，一动不动，守候着寂寞的秋的夜晚，像是在期盼着什么，等待着什么，那是希望的眼睛，在深情地凝望。

晚来的月光无比嚣张，给大地染上一片朦胧，而月光如银水如霜，总让大地似有若无，若不是点点星光的提醒，恐怕连深邃的夜空也将失去。还有那九月里的梨花，开在月光下，艳在秋风中，傲然于枝头，似天上的寒星点点，加上月光的遮掩，犹如纯情的少女披着轻纱，开得虽然不是时候，却无比绚烂，占尽风光。尤其是早晨，当大地被浓浓的雾纱缠绕，一切是那么静，静得让人心里直兴奋——环顾四周，无以入眼，树叶不再葱绿，青山不再挺拔，就连平日里爱叫的小鸟，也怕了萧瑟的秋的早晨，而当你看到了梨树上寥落的梨花时，你才会感觉到内心的兴奋，雾只在轻轻地漂移，朦胧也在淡淡地褪去，而那如冰似水却又温柔多情的梨花，却只是静静地，静静地开着，任晨风吹来，任万物衰败，如枯木逢春，并不需要时间的到来，心情总是坦然。它们根本就忘记了季节的替换，人事的变迁，世道的沧桑，只有豁达与深沉，就像寥廓的浩宇，又像腊月里的梅花，冷艳却灿烂，傲慢却多情。你瞧，她不正微含着双眼，羞着娇嫩的脸蛋望着你吗？还有那梨树下池塘里的鱼儿，竟然也泊在水面，露出脑袋，呆呆地望着她出神呢！

再看看那悠悠的马兰花，它们洒遍海角天涯，它下面是暗绿的叶片，再下去是白皙的须根，它们深深地扎在田埂上、马路边、浅沟里，风来也是笑，雨来也是笑，就是无情的霜雪打来，也挺腰直立，那一粒粒细小而饱满的种子，随风撒下，这又是千百万个细小而顽强的生命在悄悄地吸取能量，默默地等待生。它们笑得那么狂、笑得那么醉，油油的绿色总是溢在田埂上，马路边，浅沟里，给人以新生，就好比秋天里金灿灿的不知名的野花一样，灿得耀眼，香得怡神。但我最能记忆起的还是那湛蓝湛蓝的牵牛花，它不像桂花那样，生怕没人注意到，不但长在高枝上，而且有惹人的香气，似乎要得到所有人的宠爱，而我却偏偏喜欢牵牛花，说它花色湛蓝，其实是深紫，从夏天一直开到秋天，总是那样仔细，那样认真，每朵花都是一个天然的喇叭，是如此匀称，以致连蜜蜂采蜜时，也小心翼翼的，轻轻地来，悄悄地去，和牵牛花一样，静静地开，幽幽地香，要么在屋檐下，要么在篱园边，要么就是在人家的花栏里；在夏天，多半是绛紫和红白色，开得也宽敞、老练，因为夏日里日光大；而在秋季里，尤其是深秋，却很少见到，或许是因为寒冷，但只要你稍微细心，便会发现，不但有，而且都是深紫色，花开得虽然圆小，却十分玲珑，乍一看去就有怜爱之意，令人想占有却不忍折取，只好在一旁站着，痴痴地望着它，心里禁不住骂道：你这迷人的花。

有的荷花，也开在秋天里，虽然荷叶被秋风吹得枯萎，而晚开的荷花却屹立在风中，独领风骚，走过寒冷的早晨，走过孤独的夜晚，虽未曾结果，却十分洒脱，无牵无挂，无怨无悔，不像早开的荷花那样争奇斗艳，徘徊不定，而它们有的是从容与坦然。

就像整个秋天那样，虽然衰落，却有着晚开的花为它守着寂寞，又有许多多彩的花展示生命的不息。我爱你，秋。好一个痴情的美，竟嫁给萧索，守着寂寞，而你的心境是那么豁达、明朗，就像淡淡的无垠的秋夜的天空，吸引着我，让我也感觉到秋的气息，秋的洒脱。

（原载《萍乡日报》，1998 年 8 月 27 日）

周岁庆生话风俗

离女儿周岁的日子越来越近了，我和妻子似乎也越来越紧张起来。先是查找字典，搜肠刮肚地写好了请帖。女儿从一个小小七斤多的粉团，长成如今重二十多斤的小屁孩儿，里面凝聚着我们多少的心血和付出。我们希望宝宝学会爱，那么在以后的人生路途中她会有一颗感恩的心；希望宝宝学会付出，那么她会知道知足；希望宝宝学会独立，那么她会拥有自信；希望宝宝诚信，那么她会交到知心朋友；希望宝宝学会坚强，那么她会经受住风吹雨打。我们的希望很多很多，但不知我们的宝贝，能明白父母的心思吗？这是给宝宝过的第一个生日，我们还特意给宝宝布置了整场生日宴会，每一个细节都流露着爸爸妈妈对你的爱，对你的祝福，祝我的宝贝生日快乐！健康成长！

我们芦溪的人文自然景观独特，民风淳朴厚重。民间傩文化、传统缩龙、灯彩、农民画、铜管乐等享誉国内外。芦溪水源都出自深山峻岭，河床的宽窄深浅由水势冲刷而自然形成。袁河是芦溪县的母亲河，是芦溪县流域面积最大的常年河流，在县境内，流经三乡四镇，全长一百一十公里，流域面积约七百七十六平方公里。袁河，时而狭窄如喉，时而冲刷成洲。到城区前，地势已趋平坦，流速缓慢，泥沙沉淀，莹澈如练，温婉的河水穿城

而过，养育了世世代代的芦溪人。

俗话说，一方水土养一方人。民俗风情是我们灿烂的传统文化的重要组成部分，不知道我国其他地区小孩周岁有什么样的风俗习惯，在我们芦溪，周岁宴是人生之中隆重的仪式之一。宴会前的请帖，宴会上物品的摆放，宴会中的小孩抓阄都是重要内容。如请帖的写法，就很有些讲究：请帖是周岁酒宴前的重头戏，主人写周岁酒请帖最好提前一个月就准备，因为客人们要根据酒宴的时间来安排日程。为了写好一段令人"赏心悦目"的邀请帖，主人往往要绞尽脑汁，好在我们优美的民族文字，是最富有感情色彩的文字，客人在参加宴会之前，首先看到的是这张邀请函，一张精心设计的请帖，代表了对客人的尊敬，并让客人有如沐春风般的清新感和艺术美感的享受。有的客人还会把制作精美的请帖，当作难得的纪念品收藏起来，有的还专门请"能"人代写，那么如何写好一张请帖呢？

周岁酒请帖的写法多种多样，有尊敬的、幽默的、古典的、文雅的等等，另外文字不要写得冗长，简练一些，动人一些，个性一些，最好是别具一格，让人能够品出其中的独特味道。我国的民族文化博大精深，只要别具匠心的你把周岁酒请帖写出你的文采，写出你的风格，写出你的韵味，写出你的真诚，写出你的热情，总之表达出你的真心，对方就一定能体会到，这是一段优美的篇章，将会给客人留下一段美好的回忆。再者，在宴会桌上摆放的物品或糕饼都有象征性含义：弓、刀象征武功，剪尺象征手艺，书笔象征文才，线团象征长寿，白雪糕象征心地洁白，松饼象征经纶满腹，打糕象征意志坚强，玉米面饼象征驱鬼辟邪。婴儿的彩条袖子则源于阴阳五行观念中的红、黄、蓝、白、黑五方颜色，具有安康与延年益寿的含义。

另外，在我们芦溪，抓阄礼是庆贺幼儿周岁生日的主要礼仪。在抓阄前，陈设书画、砚笔、刀剑、算盘、秤尺等器具让小孩拣取，视其喜爱，预卜日后。抓阄为什么要在婴儿刚满周岁时举行呢？这大概是因为人的周岁是寄予梦想，表达梦想，确认梦想的最佳时机了。抓阄仪式充分体现了父母对儿女特有的关爱方式。希望自己的儿女健康成长，并能有美好的未来，这是天下父母的共同心愿，所以这种礼仪经久不衰。据说孩子越小，灵性愈真愈纯因而愈准。如今在周岁宴中普遍举行抓阄礼，但并非人人相信抓阄会得到什么应验，只是当作一种习俗和乐趣。通过这种礼仪可以增强父母对儿女的关爱之情，因而有助于家庭、社会的和谐发展。

农历1997年五月十一，芦溪夏晨，天清气爽，终于盼来了女儿生日的日子。那天一早起来，涌上脑海的是：今天是女儿的生日，我要好好检查准备情况。我首先通知早些日子订好的饭店，让他们落实好舞台布置。酒宴设在中午，我一直很反对这点，我觉得晚上妥当些，很多人家都放在晚上摆周岁酒了。但是妻子一定坚持中午，说亲戚方便点儿。

十点半，我们在饭店迎宾，亲朋也陆续如期而至。每个亲朋到场都和女儿打个招呼，逗她笑。估计她也知道今天是个开心的日子，笑眯眯的，呵呵，人见人爱！后来在等客间隙，女儿有点待不住，拿起小青瓜就啃起来，有一口没一口，大家也围观小寿星啃小青瓜的"囧"样。十二点整，亲朋全都到齐，我们就入席开饭。

生日宴会，女儿完全一副小主人的模样，聪明乖巧得不行，真是人见人爱，不仅一改往日怕生的弱点，大有一番小小公主的气派，任谁都可以随便抱随便亲，还奉送免费合影留念。

紧接着，抓阄仪式开始了，女儿一抓就拿到了书笔，反反复复试了三次，女儿其他什么都不要，只抓书笔。亲友们见状，都纷纷祝贺，说女儿长大以后一定会读书，有出息，我和妻子听后非常高兴。面对亲朋好友的关爱，我作了激情洋溢的致谢发言。

开饭前，我们给女儿戴了生日帽。开饭的时候，吃到中途，女儿嚷嚷着挣脱妻子的怀抱，摇摇晃晃跑到了礼物堆中，拿了几个布娃娃，要拆开来玩。妻子赶紧将她抱起喂饭。刚喂了几口下去，她就不想吃了，非要自己用手去抓，因为不让，女儿就�’着小嘴欲哭！我让妻子离开，留下她自己哭。等女儿看我们都不理她了，立马不哭，过来找我，我故意板着脸，假装凶她的样子，孩子有点胆怯了。这时，爷爷打了圆场说，今天孩子生日，不要把她弄哭了，她要玩就让她玩吧！看我不友好，小家伙又去找姥姥，看姥姥坐在旁边，马上露出甜甜的笑容，开始撒娇！

　　我转过身，看着这个似懂非懂的小家伙，脑海中不由回忆着女儿一年来的点点滴滴，她带给我们父母的太多感动，我不禁感慨：在爸妈的生命里能拥有你，我挚爱的女儿，真好！

故乡的美

　　深深的爱着我的故乡，是为她的美。

　　去过一线城市的人，都会说大城市很美。的确，那里很美，有繁华的午夜都市，有摩天大楼，更有现代人的纸醉金迷。但，我却不太喜欢那些地方，大城市再美，也比不上我的故乡美。就说广州的竹吧，虽然也能叫做娇姿百态，青翠婆娑，而且，那里的笋也四季都有，但似乎总也找不到一种傲霜斗雪的竹的风韵。要么在平坦笔直的马路边，要么在富人华丽的房屋下做衬饰，要么干脆乱生乱长，随风四季飘摇，一点儿也不像我们这边的竹。说到林场，就有遮天蔽日的茂密竹林；说到小山，就有遍山漫野的小的山竹，就连围园用的篱笆，都是小山竹扎成的，每每看去，总让人有一种潇洒脱俗的田园风景味。

　　不仅是竹令我欢喜，就是故乡随处可见的一朵小花，也教我心醉。春天里，有百花争艳，更有百鸟争鸣，百兽惊蛰；夏天里，也有许多叫不上名的野花野草，四处旺长。恐怕见得最多的，便是长在田埂和水沟旁的马兰草吧！它们的叶子绿满了田野，绿满了路边，也绿满了我儿时的心。小时候割草时，总也舍不得将随风起舞的马兰草弄折，但又实在是想拥有，于是便小心翼翼地采上几朵，看了又看，闻了又闻，那似葵花盘的小花冠，有红色的，也有蓝色的，更多的是浅蓝色，中间着些微红，长长的花栖下添上几片碧绿的小叶，简直是一种非凡的美，你说，我又怎样能放心让它们长在田埂上呢？最后，便采上一大把，一本正经地插在酒瓶里，直到后悔地看着它们陆续枯萎。

小时候，当我们离开故乡，来到热闹的城市，尤其是大城市，看到那些高楼大厦，抑或灯红酒绿，我的双眼会豁然锃亮，然后在心里就会埋下一粒种子，我一定要逃离落后的农村，去城市里生活。毋庸讳言，那个年代的一个城市户口本，俨然成了身份的象征。因此，当我考上大学，去镇里迁移户口时，觉得是一份无比荣耀，从此意味着我也是一个吃皇粮的人了。可如今，已在城市生活了近三十年的我，却越来越厌恶城市的喧闹嘈杂，而一旦扎进宁静的故乡，内心却觉得它越来越美，身心越来越幽静从容，故乡的清新自然，故乡的芬芳泥土，故乡的洁净水质，故乡的自在自由，故乡的天高地宽，故乡人的善良质朴，会让你觉得故乡的美，是那样实实在在，是那样真真切切。因为故乡，那里有我的根。

曾经有段时间，我对于故乡的那种"小富即安，安于现状"的小农思想，口诛笔伐，颇有微词。可随着年龄增长，尤其是迈入不惑的门槛，你会觉得自己以前许许多多的想法，是多么的幼稚与肤浅，因为身居闹市，想悠然见南山是多么难！而在农村，悠闲垂钓，种花弄草，顺其自然，心涌幸福感、获得感，一切竟来得如此简单，来得如此直接。这种美，就是故乡赠予我的最大财富与美。

其实，我不太喜欢广州的另一原因是那里没有雪。儿时的日子里，如果少了雪，似乎成不了四季，虽然下雪天父母不让孩子去户外，可我们总是能找到借口跑到户外撒野，可以打雪仗、滚雪球、堆雪人。到了结冰时，还会用稻草杆吊着冰片，风似地奔跑。

不论四季，不论四方，我都深深地眷恋着故乡，是为她的平凡而又自然的美。当然，相对于发达地区，我的故乡似乎落伍了许多，但这只是暂时的，因为我的故乡也和其他发达地区一样，有着千千万万勤劳智慧的人们，他们正用着有力的双手，托起明天的灿烂朝阳！

　　我深深地爱着我的故乡，是为她的美。

夏　夜

　　燥热的空气仿佛停滞了一般，屋里作机械运动的电风扇，在沉闷的空气中像蜜蜂一样嗡嗡地响着，极度的无奈和烦躁充斥着整个房间。

　　我悄悄地搬出一张木椅，坐在院子里。外面的月光还算明朗，满天的星星，随意地散落在天空，星光忽闪忽闪的，像极了孩童们天真无邪的眼睛。望着爬在围墙上的紫红色的牵牛花，刚才燥热的心似乎得到了些许安静，屋外似乎已没有那么炎热了。和着屋里电视机里传出来的极富节奏感的歌声，我接连伸了几下懒腰，感觉有点儿昏然欲睡。这时，思绪滑向不知名的深处，记忆如星光罩住我，家乡的父母可好？现在在干着什么？是否也像我思念他们一样，想念着漂泊异乡的我？"啪"，随着细微而又清晰的一声爆裂声，我被突来的声音打断了思绪，心似要冲出胸膛，我四面张望，周围除了房间里的电视声外，还是原来那样的沉寂与静谧。我恐惧而又好奇地等待着第二声。我明白，声音就是在离我不远的地方发出的，我警觉地环顾身边，生怕有什么危险的东西朝我袭来。不经意，我向梧桐树投去了怀疑的一瞥，我搜索的目光盯在这一颗梧桐树上，发现梧桐树的一块老皮剥落了，露出了鲜嫩的新皮。毫无疑问，声音就是从这里发出的，裂开的老树皮并没完全脱开，只是张着一道长长的口子，因为结实的树干和鲜嫩的树皮把它连接起来。粗糙而又有点儿丑陋的老树皮半卷着，像极父亲紧握锄头的双手，老树皮下仍然是老树皮，下面的老树皮也仍然是粗糙而又带点儿丑陋；小小的新树皮如老树皮的心灵，置身在老树皮的里端，连同天上的星星，很是耀眼，仿佛新树皮的诞生就是为了解读老树皮久经风雨的沧桑。新树皮不停又无情地吮吸着老树皮能够给予的养分，正茁壮地成长着。老树皮没有被风雨击倒，缘于他勤奋的拼搏。也许有一天，老树皮不得不坠落归根，但它似乎对这并不害怕，因为它知道这是大自然最伟大而又最公平的规律。

　　我赞叹之余是若狂的欣喜，在初夏的星夜中我看到了新生命的诞生。也许新树皮在它成长的道路中，有着像星星一样多得不计其数的挫折，或许它的命运前途注定就是坎坷，但我始终坚信，新树皮不会被这些坎坷击垮，它会把这一切看作对自己的考验，微笑着迎接风霜雨露，不停地向上生长，生长。

（原载《萍乡日报》，2011 年 7 月 11 日）

第一辑 梦幻家园

冬 之 赞

　　有人钟爱生机勃勃、姹紫嫣红的春天，有人青睐热情似火、入眼皆绿的夏天，更有人赞美天高气爽、丰收在即的秋天。唯有冬天，像一个弃婴，很少有人提及它，关注它，似乎对冬的欣赏格外吝啬。我的一位朋友说，他很喜欢冬天，特别喜欢有雪的冬天，这与我不谋而合。

　　在我心中，冬天所占的分量，远比春、夏、秋三季所占的要多得多，因为我爱冬天。冬是美丽的，是一种孤独的美，这种孤独让人欣赏，让人怜爱；冬是多情的，是一种幽香的情，这种幽香让人迷恋，让人沉醉；冬更是神圣的，是一种纯洁的爱，这种纯洁耀眼，震撼。

　　谁说冬天是肃杀与苍凉的季节？走出陋室，拥抱冬天，沐浴在暖冬晴朗的空气里，柔软的轻风拂过，漫步在山茶树下，呼吸着茶花散发出的淡淡的芳香，顿觉神清气爽，心情舒畅。

　　冬天是有花的，不但有花，还有许多美丽的可人的花。不说那花姿丰盈、端庄高雅的山茶花，不说那清新脱俗、绮丽俊秀的君子兰，也不说那飘逸洒脱、红艳似火的一品红，单说那铁骨铮铮、欺霜斗雪的梅花，就要给人一种浪漫的遐想。它的美，历来为人所道，比春天那娇嫩的各种花儿美得多，还有那似"千树万树梨花开"的雪景，在茫茫的大地上那么洁白，那么柔软，丝毫不比春景逊色。

冬天也有夏天的绿，处处依旧充满着生机、活力。墙内外、亭台旁的水仙花，芬芳着香，溢满了幽幽的庭院；站在空旷的原野，放眼望去，一片郁郁葱葱、生机勃勃；麦田里绿油油的小麦，像一块纯净翠玉，又像一块绿色毛毯，一直铺向远方，点缀在大地上，令人心旷神怡；山坡上墨绿色的青松、翠竹发出阵阵涛声，像一朵花在慢慢地开放，依稀能听见那花瓣轻轻展开的声音。

冬天也是一个收获的季节，田园里鲜红的柿子像一个个小灯笼吊在树上，期盼着主人采摘；菜地里的红菜苔、萝卜、菠菜等新鲜蔬菜，不正是这时才陆续上市吗？白天，有的只是不知名的鸟儿，有一声没一声慵懒地鸣叫，仿佛是在为勤劳的人们歌唱，四周飘溢着熟透草莓的清香，落在泥土上，让人陶醉在其中。夜晚，艰辛劳作后闲下来的人们，围着火炉或炕头，开心地笑着，热情地说着，盘算着一天或一年的收获和收成，计划着来年的生产与生活，那一张张幸福与满足的笑脸，让人感动。

我爱你，冬。爱你的美丽动人，也爱你的质地纯洁，爱你的勤劳朴实，更爱你的宽广深沉。我的心里，突然涌起一阵莫名的思念。我那喜欢冬天的朋友，你在异乡还好吗？

冬，有着与春、夏、秋三季的相同之处，但绝不是它们的效颦与翻版。

冬夜一片寂静，晚风吹打在脸上已有几分寒意，路灯在淡月中默默地挥洒着柔和的光芒。无眠的我，依栏眺望远方天际，朦胧的星空中一勾弯弯的眉月调皮地时隐时现。冬是默默的，是低调的，它没有春天的妩媚与娇艳，没有夏天的闷热与焦躁，没有秋天的萧瑟与悲凉，但它却有献给大自然的冷艳、含蓄的美，有它独特的风景和魅力。冬的大地散发出一种诱人的温馨与芬芳，

腊梅含苞待放，盛开着五颜六色的梅花，山上的松树迎着严寒，依然苍翠挺拔。

下了雪的冬天，最富有诗味。雪花像小精灵一样，洋洋洒洒地飘落下来，为世间万物披上了银纱，给大地铺上洁白的地毯，把冬点缀得如此美丽。冬雪融化，往往愈加寒冷，但对于孩子们来说，无疑是一个溢满欢乐的天堂。他们的整个冬天是不冷的，不但不冷，有的是贴心的温暖，因为雪，他们变得更加幸福快乐！

冬天就像太阳，只知给予，却没有想到要有回报，万物经过春、夏、秋的发芽、开花、结果后，借冬天这个避风港，休养生息，以备来年更好的成长。可以这样说，没有冬，就没有春、夏、秋。是冬，虚怀若谷，像一位母亲，孕育着春天、夏天、秋天。

其实，冬，正在寒冷的风霜中，积蓄着力量。冬天付出很多，却无人知其艰辛，无人真正理解她，她忍受着孤独的煎熬，却从无怨言。

我爱冬天，更敬佩具有冬的精神的人。

山的那一边

太阳无语自是一种光辉，高山无语自是一种巍峨。面对父亲像面对那座无语的高山，我不禁想知道山的那一边是什么。

小时候，我总面对着那座高山发呆，那时，我总是猜想那边是什么，也去询问周围的人，而当我离开老家，离开那座山时，我也就远离了猜疑，忘记了那座山的存在。

那年中秋节，我携妻和女儿，回去看望老家的父母。她娘俩都在县城长大，对农村充满好奇，几乎同时指着远方的那座山，问我：山的那一边是什么？我一时无语，不知怎么回答。四周突然静了下来，静得甚至连自己的心跳都能听得见。我重新面对着那座山，重新打量着那座山。美丽的朝阳，映得天际通红，山还是那座山，巍峨屹立；树还是那些树，高矮有致，芜杂葱郁；竹林还是那片竹林，茂密青翠，威武挺拔。

山，挡住了我看另一半天的景色，也挡住了山的那一边的一切，童年是，长大是，今天亦是，于是，我不再沉默。

"你说，山的那一边会是什么呢，你知道吗？"我问身边的二哥，他惊讶地望了我一眼，又望望那座山，说："我没有去过，也不知道山的那一边是什么。"

我又去问曾经常去那座山砍柴的父亲，他条件反射地望了望山，说："我从没上过山顶，也不知道是什么。"父亲的回答让我很失望，但我不甘心。心想，这些年曾经登过许多的山，看过许多的景，可老家的山的那一边，依然神秘，似乎藏着一个遥远的梦想。

为了解开自己心中多年的谜，为了回答女儿和妻子的提问，也为了满足自己的好奇心，我打算今天去征服它！起初，我劝说妻和女儿一起前往，可正在念高中，成绩优秀的女儿，说要看书，妻也嫌累不愿攀爬。最后，还是爽快的二哥，愿意陪我走走。于是，我决定和二哥一起上山探个究竟。

蹚过冰凉的小溪，走过狭窄弯曲的山路，斩断了挡路的荆棘，爬上了陡峭的山顶，直起腰身向前方眺望，我顿时被这跃入眼帘的一切给震撼了，呼呼的风吹得早已气喘吁吁的我们，更加喘不过气来。我与二哥都不得不转过身，平衡呼吸。我们有默契地相互推按着对方蓬松零乱的头发，然后吃力地一笑。仰视前方，此时此刻，一种心旷神怡的感觉便油然而生。低头伏望，下面的村庄被四周的山裹得好拢，好紧，仿佛这些高傲甚至盛气凌人的山，将要把这些小巧的房屋，走动的人们，梯形的田地，细弯的小溪，坎坷的小道，一齐吞吃掉。另一种超然的感觉，让我回过头去，也让我抛开身后的景致及所有的杂念，用专一的视觉注视着山的那一边。

山的那一边除了山，还是山，除了山是低谷，除了低谷是树，是草，是山，更高、更巍峨的山，最后是一片天空，一片高远蔚蓝，同样有着五彩光辉的天空，甚至更高、更蓝、更灿。站在山顶的我，感觉自己越来越渺小，一如空气中的一颗尘埃。忽然想起一句话：天外有天，山外有山。

此时，我忘了自我，忘了二哥，听不清二哥对我嘀咕了什么，我只看见前方层层叠叠的山峦，依稀地听见千言的太阳和万语的高山，在不断地向大自然诉说，向我们人类诉说：天外有天，山外有山。

下山回到家，一进门大家立刻围了上来，都想尽快知道答案。正在读书的女儿，也放下手中的书，期盼地望着我。我平缓了一口呼吸，意味深长地说："天外有天，山外有山啊！"

那天，满足了好奇心的我，从此知道了山的那一边是什么：山！

第二辑　至爱亲情

血浓于水，是一坛陈年老酒，甜美醇香；

温暖如春，是一幅传世名画，精美隽永。

柔情似水，是一首经典老歌，细腻温婉；

骨肉亲情，是一种无比力量，永不褪色。

父 爱 如 山

今天是个特别的日子，阴历十月十九，父亲的生日，兄妹六人昨晚都相继赶回了老家。父亲明显老了，头发先是东一根西一根地白，后是两鬓白了一片，终于雪似的白得晃眼。父亲几乎把自己毕生的精力，都奉献给了子女和家庭，他用格外坚毅的眼光，异常勤劳的双手，瘦小的肩膀撑起了我们一家人的苦辣酸甜。

面对爱我们如山般重的父亲，我一直想为他写点儿文字。可我每每想了许久，却词不达意，难以成文，常不得不作罢。此时重提笔，思绪亦有些"剪不断，理还乱"，时而，想能有为您倾诉的机会而兴奋，激动，快慰；时而又觉得矛盾甚至惶惑，不知笔从何落！唉！儿子面对日渐衰老的父亲的心绪，大概多是如此吧！我很认真，想把它写好。就像父亲很努力地生活着，那种踏实坚定地走着人生每一步的沉稳态度，简练而庄重。正因为如此，就是当下，我的双手还有些发抖，不知要用怎么样的"文采"，才能表达出父亲极为平凡而充实饱满的一生。尤其是那次带父亲去参观韶山时，在公交车上，父亲一如小孩般紧紧地抓着我的手，每当回想起这一幕，心中总会涌起一阵心疼。一辈子都要强的父亲真的老了，我不能再等了，我得赶紧为父亲写点儿

"文字"。

父亲生在赣西一个偏僻的农村，家族世代务农。父亲生育我们七个儿女，二姐在三岁的时候夭折了。现在有大哥，大姐，二哥，三哥，四哥和我，兄妹六人。父亲是对我的人生成长影响最大的人，他平时言语不多，他用行动教我做人要诚实、勤勉，让我懂得凡事只有付出汗水才会心安理得，只有厚道诚信才能做到坦然面对。

家境异常贫苦的父亲只上过半年学，不太识字，只认得自己的名字，记忆力超强。父亲没文化，却是当地第一个做贩卖石灰生意的人。父亲天生有经商头脑，成本多少，运费多少，盈利多少都在他脑子里，算账的速度极快。当看见昏暗油灯下的父亲，丝毫不差地记住进出账的时候，我还是有点儿惊讶。

小时候最期盼的，就是年末宰杀年猪，因为只有这个时候，全家才能美美吃上一回肉。这时候，在外的父亲也回来了，母亲会在大年的前一夜，就开始忙碌。那时的年夜饭没有现在这么丰盛，可父母不知道怎么，那么忙碌。这时候的家充满了温暖热闹的气息。父亲还种了许多蔬菜，在过去那个物质特别缺乏的年代，自种菜园是多么重要。够我们全家八口子人吃菜的篱园，父亲总是侍弄得生机盎然。直到现在，老房子的前后依然被父亲打理得一片葱绿。

尽管家庭负担重，父亲尽可能地让我们生活得体面些。我从小体质弱，爱生病，最让父母操心。一个冬天我得了严重肺炎，父亲背着我，冒着雨雪连夜从村里徒步到乡医院。走了近三十里的崎岖山路，过了几条小河，才"捡"回了一条命。记得那天，寒风刺骨，父亲瘦小的身影沿着一条弯曲的山路行走，天雪路滑，步步难行，当时没有通公路也没有大桥，艰苦是很难想象的，但父亲总是将我背在肩头高高托起，这样更难保持平衡。汗水湿透了父亲的衣裳，衣服紧贴着全身，由于寒冷结了冰，赶路时，衣裤坚硬得似冰块，来回反复擦出碎裂的声响。父亲在寒风中冻得颤抖的身子，我至今想起，仍然会泪水涟涟，感慨不已。而这份做父亲的责任感，如今也为人父的我差了很远。

　　都说穷人的孩子早当家，我们六姊妹很小就知道为家减轻负担。每每寒暑假，抑或星期天，我们都会做些力所能及的事。星期天可以上山砍些柴或割些猪草。可以采撷野金银花或鱼腥草、铁菱角，抑或到山上采些野藤或采些药材到合作社去卖。冬天，山上值钱的东西更多了，可以捡拾野桐子，也可以刨挖冬笋，甚至与父亲上山烧些木炭，都能换回书本纸笔，甚至能挣足自己的学习费用。虽然能减轻父亲不少负担，但是由于工分少，粮食不够，父亲仍然得辛苦劳作。

　　在生产队那阵，我们家一直是当地缺粮大户，为此，父亲也暗自着急。1980 年高考前，乡征兵办到我村，点名要见在高中读书的大哥，征求大哥的意见，是否愿意参军。大哥当时内心非常矛盾，如果参加高考的话，即使考上大学，生活费也是沉重的负担。招兵机会难得，马上就能为父母分忧，能减一张嘴巴吃饭。为了弟弟妹妹能安心上学，大哥没有和父母商量，偷偷参加了体检，决定参军。尽管没有参加高考，让大哥人生失去的东西很多，但大山里的父亲教给我们许许多多为人处世的道理，也给予大哥及我许许多多的收获和感恩。

　　慢慢长大后，我更懂得父亲的艰辛，除了口粮之外，父亲要供我们读书也是很艰难的。母亲由于生育孩子多，又劳累又操心，加上从不注意休息，更谈不上营养，身体越来越差了。父亲的担子更重了。一方面要供全家人"吃喝拉撒睡"，一方面要供子女上学，另一方面还要照顾身体虚弱的母亲。但是再苦再难，父亲从不抱怨。尽管日子艰难，每逢过年，父亲会尽量想法给我们置些新衣或新鞋，父亲总是想方设法给予我们满足与欣喜。由于生活压力太大，心力交瘁，父亲在快速地一天一天衰老。实在

受不了父亲过得这般艰苦，姐姐辍学后，拼命地帮着父亲。那年开学后姐姐悄悄告诉我说父亲太苦了，能帮一点儿是一点儿。后来，我上了大学，有了工作，我知道，我的一切都有父亲和全家的倾情付出。

我在小学初中时均很乖顺，成绩也不错。可在念高中时，处在叛逆时期的我，曾带给父亲不小的伤心。那年在县城读高一，我迷上了那时刚刚流行的台球。白天逃课玩儿，常常晚上甚至整晚耗在校门口的台球室。

有一次，我正在兴头上，同学带话说宿舍门口有人找我。我跑回宿舍，看到了父亲。四十六岁的父亲，像七十岁的老头，肩上扛着一袋米，佝偻着腰，腰间挎着有两个盛满菜的玻璃罐子，衣服破旧，一脸倦容，半秃顶的头因背负米袋，一直斜拉着。有同学说，你爷爷真不容易。满脸羞红的我，把父亲拉到走廊尾处，责怪地说："你怎么来了，说好带东西放在校门口门卫处！"父亲看着我，沉默良久，嗫嚅着说："哦，我下次不进来了！"接着，父亲从上衣口袋掏出手绢，小心翼翼地逐层剥开。我知道，父亲是要准备给我饭钱。皱巴巴的钞票，父亲叠得十分整齐。父亲左手拿着钱，右手蘸着口水，一张又一张慢慢地数，数了一遍又一遍。

这可是父亲的血汗钱！我的心像是被蛰了一下，疼得难受！眼前晃动着自己刚才在台球室的情形。我刚走出不远，回头的时候，发现父亲还站立在原地，朝我使劲地挥手。想起每次父亲送我上学到村口，都是这个场景，泪水溢满了双眼。这一次，我下决心做个好儿子，做个好学生。

但我的决心，终究没能挡住小小台球的诱惑。当那些同学相互拽着、吆喝着去台球室时，我的内心总是忍不住阵阵躁动。终于，我没有"战胜"诱惑与自己，又一次走进了台球室，父亲给我一个月的饭钱，不到一周就没了。不得已，我给家里捎信，说

拨响尘封的心弦

046

学校要买课外资料，钱花完了。

这周星期五上午，我又逃课到校外的台球室玩儿。又累又饿的我，走出台球室，正准备买点儿面包充饥。突然，父亲那熟悉的身影映入眼帘。父亲接到我捎的信后，徒步二十余公里给我送生活费，累了，刚好在校门口小歇。父亲也发现了我，惊愕地望着我。豌豆珠般的汗从父亲的脸上淌下。头上紧紧地缠着我小时候围过的围巾，父亲竟忘了习惯性地擦汗。

后来母亲告诉我，父亲听说我没钱了，就不顾一切要来看我。为了省下一块七毛钱的车费，硬是徒步近四个小时来到学校。

自那次后，我在相当长的一段时间，都不敢面对父亲的眼睛。每每想起，心头一阵刺痛，直到如今。也是从那以后，我再也没有进过台球室，不为别的，只是为曾经顽劣的我及懵懂的心赎罪。

岁月如梭。我们渐渐长大了，为生活奔波了大半辈子的父亲，腰杆渐渐弯了，消瘦的身子，显得更加瘦弱，直到我参加工作后，生活才轻松了些。但母亲的身体却越来越差，尤其近十年，母亲的风湿病愈加严重，走动都费劲。父亲除耕种四亩责任田外，还要做饭洗衣，照顾老母亲。我们每次回老家，母亲就讲父亲辛苦，其实我们心里清楚，是要我们多回家帮帮父亲。父亲坚守在老家山沟里耕作，有好多次接他到县城居住，他总是不肯，说城里没熟人，不习惯。即便是逢年过节，好不容易"劝"来了父亲，他也多是被我们匆匆接来，又急急忙忙赶着要回去，说家里养着猪和鸡要照看；或者稻子还没有收，抑或菜园要人浇水。最后，父亲总能找到许多"正当理由"，定要回到农村老家才安心，才罢休。其实，我知道父亲是舍不得山沟里的老家，是不愿给我们子女添麻烦。

父亲没多少积蓄，但父亲却很少要我们的钱，直到如今，他还一直自力更生。七十多岁的父亲，至今依然养鸡养鸭，种粮种菜，非但没成为我们的负担，还时不时地为居住在城里的我们提供免费菜，为我们守住永远的老家。有时，我凝视父亲已经微驼的背影，内心一阵翻滚，看着日渐柔弱下来的父亲，我终于明白，父亲一直在用他自己的方式爱护我们和我们的家。

"想想您的背影，我感受了坚韧，抚摸您的双手，我摸到了艰辛。不知不觉您鬓角露了白发，不声不响您眼角上添了皱纹……"每当耳边响起刘和刚演唱的《父亲》这首歌时，那真挚的歌声与歌词，似乎能穿透我的内心，使我感同身受，泪水涟涟。这时，我总觉得，刘和刚是在为我单独演唱。

母 爱 如 海

我仰视母爱。

在我情感世界中，母爱最崇高，最圣洁，最坦荡，最无私。

母亲一生生下了我们兄妹七个。兄妹中，我最小，与大哥相差十岁。为了把我们拉扯大，母亲尝尽了人间酸甜苦辣。儿时的记忆中，母亲去生产队干活，把尚小的我们放在离她不远的田埂边，收工后再把玩儿得满身是泥的我们抱到小溪边，洗净全身的污泥，拖着疲惫的身子带我们回家。半夜里，油灯下，母亲还在洗我们的脏衣脏裤。天刚麻麻亮，母亲又起床了，剁猪草、做早饭。

岁月如梭，我们兄妹都长大了，我也踏入了大学的门槛。我考上大学，母亲着实高兴了一阵子，但沉重的费用压得我们一家子喘不过气来。那时大哥二哥刚成家，经济上也非常拮据。一个星期天，母亲兴奋地说自己找了一份插鞭炮引线的工作，每月二十元。我的心一下揪住了，母亲白天劳作，晚上还得赶夜班，身体如何承受得了？想了一下，我对母亲说："妈，您太辛苦了。我情愿不读了。"母亲顿时一愣，眼睛紧紧地盯着我。迎着母亲温情而又坚毅的目光，我羞愧地低下了头。

大学快毕业时，为了写毕业论文，学校要求我们购买几本专业书籍。一个星期一的下午，我向学校请假回家拿钱，到家时，已近黄昏，母亲眉头紧锁。我知道家里近乎一贫如洗了。良久，母亲轻轻地叹了口气，转身出了门去。我心头一紧：这么晚了，母亲怕是去借钱了！我心里内疚极了。半夜，母亲才回来，我忙去开门。母亲的脸在月光下显得异常苍白，进屋时，我发现母亲走路时，一拐一拐的。我一愣，忙问："妈，您怎么啦？"母亲说："没，没什么！"我走上前去，卷起母亲的裤管，膝盖呈现出血紫色。原来是母亲在借钱的路上摔跤了。顿时，我的心里一阵酸痛。

参加工作后，我在城里安了家。我与妻沟通后，决定把乡下的母亲接来一起住。开始的一阵子，全家生活在一起很开心。几年后，妻下岗了，找了几次工作都碰了壁，生出一些烦躁情绪。妻有时有口无心地哼几句，有时大声地责怪母亲，每当这时，我总是替母亲抱不平。母亲却语重心长地对我说："你妻她工作没着落，身体不好，心情烦躁，其实并非真刻薄。"母亲的宽宏与大度令我肃然起敬。

转眼间，妻子已过四十岁，白天在幼儿园上课，晚上回来又要洗衣做饭。我在外工作，常很晚才回家。女儿念高中，生活的重担使妻子变得异常烦躁。一天晚上，说着说着，妻子与母亲又争执起来。末了，妻子竟然将碗筷一摔，兀自跑进房间不再出来。我吼叫着斥责着妻子，女儿在旁吓得直流泪，饭未吃完就去了学校。母亲尴尬地望着我，不吱声。夜里，我烦闷地睁大两眼，辗转反侧，楼上母亲房里突然传来断续的说话声。开始，我认为那肯定是信天主教的母亲在祈祷，但话音中带着哭声，一直没有停止，我有些躺不住了，披衣起来。"怎么啦？"我问道。"我给你们添麻烦了，我明早就搬走。""等下我一定教训她。"我应道。"不要这样，不要因为我让你为难，让你家不和顺，不要为我影响你的工作和生活，你女儿又念高中，很是关键。"这些话显然在母亲肚里憋了很久，我静静地听着。昏暗的灯光下，母亲泣不成声，苍老、无助与憔悴，写满母亲的脸。

第二天早上，执拗的母亲搬走了。本想教乡下劳作了一生的母亲与我们同在城里居住，享享清福。可几年下来，最终，竟让母亲黯然离开。我这个曾让父母引以自豪的儿子，竟是这样百般无奈，一筹莫展。原谅我，母亲。直到现在，每当来到母亲住过的，而今空荡荡的房间，我的眼眶依然会充盈泪水。

母亲走后月余，一个星期五下午，我下班刚进屋，母亲打来电话，说带了点儿乡下的蔬菜，知道我们还未回家，放在小区门卫室，叫我记着去取。我像鸟飞似地赶到门卫处，问询刚才送菜的老人家。门卫说，一个人刚走。我怔怔地立在原地，内心愧疚痛如刀割。明早就回老家，好久没陪母亲说说话了。

是啊，世间最深广和博大的是海洋，而比海洋更深广、更博大的是母爱。每每想起这些往事，感受这浓浓的母爱，我内心就不免一阵阵地难受，一阵阵地酸楚。

（原载《萍乡日报》，2005 年 10 月 30 日，有改动。）

母亲节里思岳母

今天是母亲节，早上起来，窗外绵绵细雨，淅淅沥沥，下个不停。在这温馨的日子里，我想起了一位平凡又伟大的母亲，叫易瑞萍，她是我的岳母。

岳母是一位温和，善良，又很要强的人。岳母文化不高，深明大义，她一贯话语不多，也不爱多说别人闲话，对谁都是乐呵呵的。岳母年轻时，丈夫在外，少有疼爱；年老时，又为女儿们操碎了心。岳母总是默默无闻，不知疲倦地奉献着自己，可以说，她没有享过几天清福。

岳母只有三个女儿，没有儿子，那年月，多少还是被一些势利小人瞧不起，甚至怄气受些欺负。岳父在湖南郴州煤矿上班，常年不在家，孩子又小，家里只剩下岳母一个人。她在当地一家烟花厂辛劳干活儿，挣着微薄的收入，又当娘又当爹，苦苦地支撑着家。

后来，孩子们慢慢长大了，生活也慢慢宽裕了些，在外地工作的岳父也退休了，岳父因严重的支气管炎，一年四季咳喘，几乎药不离身，岳母又多了一份照顾岳父的担子。随后，女儿们也开始一个个成家了，岳母又开始了看孩子的生活。首先看妻大姐家的孩子，后来接着就是老二和我们家的孩子。那时，二姐和我们的两个小家庭，都刚结婚，没置房子，暂住岳母家。

在二姐和我们成家之前，岳母遭受了一个更大的打击。1995年阴历八月，岳父因病去世了。那段日子，岳母整日恍恍惚惚，丢三落四，满脸憔悴。不久，二姐和我们相继结婚，坚强的岳母才从丧夫的悲痛中走了出来。

第二年的3月和5月，二姐的儿子和我的女儿，也先后出生。我女儿刚刚出生的时候，我那乡下老家的母亲，体弱多病，所以，妻子在月子里都是岳母服侍着，对她们娘俩百般照顾。每当妻子早上醒来时，总有一碗香喷喷的瘦肉蛋汤，放在床头。妻子在萍乡上长白班，没有时间，都是岳母为我们的女儿热牛奶、洗尿布等，床前屋后，端屎端尿，大多数的事都落在了岳母头上，还有一家人的一日三餐。经过岳母一个月的精心照顾，妻子与女儿娘俩都吃得白白胖胖。

转眼间，二姐的儿子八个月大，我女儿也半岁了。两个小孩都很可爱，但特别调皮、好动、烦人，家里又吵又乱。我至今还记得，二姐的儿子吃奶粉特费劲，吃着吃着不吃了，刚放下，他又哇哇叫唤，继续抱起来吃，他又不吃，也不知道他要怎样，反正动不动就哭。晚上更不轻松，小家伙每隔二三十分钟，就吵着要吃，根本就没点，他觉少，还特别精神，醒着的时候，胳膊与腿总爱胡乱蹬踹，害得岳母难以睡个囫囵觉，常常眼圈发黑，走路摇摇晃晃，真是昏天黑地的。最可气的，哥哥刚消停，妹妹又开始不安分地哭闹。为了不影响我们休息，岳母把时常闹腾的俩捣蛋鬼抱到自己房间。

哥妹俩，小时候身体都有些弱，不爱吃饭，岳母又特别宠爱着他们，总是变着花样为他们做吃的，或买好吃的，还满大街追着喂饭，岳母常常累得满头大汗、气喘吁吁。哥妹三四岁了，岳母上街时，还手牵一个，背上背一个。那段日子，岳母消瘦了许多，也明显老了许多，完全没了自己的生活。

岳母待我似对亲儿子一样亲。记得那一次，早晨变了天，刮着冷风，时间不早了，我怕上班迟到，披了衣服就往外冲。岳母要我多穿一件，我不肯，她就一直拿着衣服，追到路边，直到看着我穿上为止。我与妻子偶尔闹点儿别扭，岳母必定先数落女儿。岳母特勤劳，买菜做饭，拖地洗衣，家里的活儿，从来都不让我操心。尤其是我女儿，可以说，基本上是岳母一手带大的。岳母的关爱，帮我们度过了结婚初期那段最艰难的岁月。

当然，作为男人住在岳母家，增加老人家负担，肯定于心不忍，那时妻子的单位，效益也已不太好。我和妻子几经商议，决定自己创业。经过一段时间的努力，我们筹款买了房，在外地办起了幼儿园。那年二月，我们一家搬走了。在这之前，二姐也置了房，有了自己的事业，搬了出去。

二姐和我们搬走，要强的岳母始终没有吱声，独自忍下失落的痛，默默地支持着。那时，我常常看着日渐衰老的岳母，内心也是揪紧地痛。我知道，岳母舍不得我们搬走，其实，我也是万分不舍。可是我们没有办法，因为我们男人要有事业，有养家的责任，必须为生活打拼，要生存啊！

在我们搬走的一年多时间里，二姐和我们两家都相处和睦，从来没有吵过嘴，红过脸。我们每星期都会回岳母处，看望她。每次，我们让岳母做什么，她都会一口答应，从来没有怨言，善良的岳母从不与我们晚辈计较！

第二年六月的一天，我与妻一起携带着女儿，像往常一样，照旧回去探望岳母。那天，岳母说，浑身乏力，不想吃饭，起初，妻她们三姐妹都没在意，觉得可能只是偶感风寒，或是劳累。谁知，一星期后岳母就病得说话都含糊不清了。第二周我去医院看她时，才知道岳母的病很严重，诊断为白血病晚期。不到七十岁的岳母，常年劳累，血液再生功能太弱，输血已无多大作用，多次处于昏迷状态。那段日子，妻和姐姐，还有我们做女婿的，尽力照看。记得有一个星期天，我到街上为岳母买回饺子和稀饭，那时岳母已咽不下硬的食物了。回家后，躺了两天半的岳母，居然坐起来了，迷迷糊糊地看着我，只是默默无声坐着。过了一阵子，岳母突然用手费力地比划，从牙缝里挤出一丝柔弱的声音，断断续续地说，我不要紧，别耽误了你们的工作。说完这句话，岳母再也没吭声。以后的几天里，岳母越来越严重，已不能开口说话了，我们与她的交流只能靠手势。谁承想，那句"我不要紧，别耽误了你们的工作"竟成了岳母的遗言！

岳母去世的那天，乌云密布，雷声滚滚，一如我那悲痛的心情。清晨，平日这时还冷清的院落，热闹起来，讣告、黄白纸条挂在外面。客厅里，请来帮忙的主事，在一个临时的桌子上写挽联，不时还有人来行礼，另一个主事负责记礼单。门前露天摆放着临时厨房，厨师们忙得团团转，厨房紧挨的是扩音设备，音量很大，播着西乐队女歌手演唱的哀歌，走近让人感到震耳欲聋。卧室里，还有不少邻友都在忙碌着。

妻姐们哭天喊地，哭得一个比一个伤心，妻也哭得捶胸顿足。那时，二姐夫在外因事不能回家，大姐夫和我又要安排事务，又得亲自买菜，间隙还要不停地跪迎前来吊唁的宾客。因为忙，我们白天忍着悲痛的泪水，晚上我长跪在岳母的灵堂前，静静地想着，想着岳母的音容笑貌，想着岳母的慈爱善良，以及平日里对我们疼爱的点点滴滴，我的眼泪再也止不住，伤心痛哭。

虽然岳母对我没有生育之恩，但我很感谢她，感激她五年多来的养育之恩，感谢岳母对我无微不至的关怀。

岳母去世后不久的一个晚上，我梦见了她。梦里的岳母轻轻地笑着，在门前走来走去，像是在安顿什么事，天特别晴朗，整个场景让我觉得格外惬意温馨。第二天起床我使劲回忆，可是怎么也想不起岳母告诉了我些什么。我想，岳母大概是要她女儿三姐妹，夫妻之间和和睦睦，好好活着，幸福地活着，把她余下的幸福一并活着！

　　窗外，蒙蒙的细雨，还在不停地下。从思念中回到现实的我，内心一阵阵地痛楚，细细想起来，岳母虽然算不上伟大，但总是在默默地劳作，默默地付出。因为细小，所以才不易察觉。在这母亲节里，我想对天堂里的岳母说一声：谢谢您，妈妈，您辛苦了！愿您母亲节，快乐安康！

舞　　缘

　　我上大三时的一个周末的傍晚，我待在学校没有回家，时值毕业考试前夕，为了排除连日来学习的紧张气氛，我与几个好友决定去舞厅潇洒一回。当时，我怎么也想不到，就是在这次舞会上，我会与西一见钟情，缘定今生。

　　舞会上气氛非常热烈，来跳舞的也绝大多数是少男少女，时不时还有那么几个大方的少男少女主动表演节目。经不住几位争强好胜的同学的鼓励，我上台唱了一曲《今生今世》。虽说我在校卡拉 OK 比赛中曾获过奖，可校外登台表演还是第一次。没料到，我歌声刚停，舞厅里掌声已是"如雷贯耳"。

　　唱完歌后紧接着又舞了一曲，我感觉有点儿累，就在舞厅里找个较偏的位子坐了下来。与我同来的几个好友均属超级"舞迷"，他们一曲连一曲地跳个不停。

　　"对不起，烫着你没有？"

　　"哦，还好，只差一点点。"声音来自我座位后的右侧。不看都知道，这准是哪一位毛手毛脚的服务小姐端茶不小心碰着顾客了。接着又听见移动凳子的声音。

　　"不要紧，我真的没事！"大概服务员还想致歉，而那女顾客则大度地说。

声音好甜！我不由扭转头向身后瞟了过去。好漂亮的一个女孩！瀑布一样的乌发自然地散披在肩上，圆圆的脸，柳叶似的眉，两片不大不小的嘴唇上，涂着不浓不淡的口红，一双大而有神的眼睛，迷人得很。此时，她似乎也注意到了我在打量她，目光和我撞在一起，眼神中微带点儿羞涩，还递给我一个淡淡的笑。在音乐和柔光中的她越发动人。突然，我心中腾起一股暖流，像触电般快速传遍全身。我分明感觉到自己的双腿已不听大脑的指挥。

"今晚有点儿闷热，对吗？"慢慢靠近她后，为了避免尴尬，我假装用手帕擦着脸说。

她看着我，未答，只是淡淡地一笑，还露出一对好看的酒窝，接着又点点头，算是打招呼了。

虽然还不够"近乎"，可从她眼神中看得出，她对我颇有好感！怎样才能进一步加深对她的了解，又能使她不觉得一个陌生的男孩鲁莽和庸俗？

"你难道没和什么朋友一起来？"沉默了一会儿后，我突然来了灵感，试探着问。

"我是和厂里几个女友一起来的。"她终于开口了，而且话中"女友"两字语气特别重，好像是要告诉我点儿什么。

"邀你跳个舞，可以吗？"我趁热打铁。

"当然可以，只是我不太会跳。"她坦诚地点点头。接下来，她与我作为舞伴一直没有分开，直至舞会结束。

再接下来，我毕业了，她便成了我的妻。

（原载《萍乡日报》双休刊，2000 年 4 月 16 日。）

大哥你好吗？

"大哥！大哥！大哥你好吗？多年以后是不是有了一个你不想离开的家，大哥！大哥！大哥你好吗？多年以后我还想看一看你当初离家出走的步伐……"泊车等人，我随意打开车内音响，甘萍演唱的一首老歌《大哥你好吗》飘荡在耳边。多么熟悉的声音，多么优美的旋律，这还是 1994 年的流行歌曲，时间一晃过去了二十三年。听着听着，内心阵阵伤感与心酸，忽然想起我的大哥，那些关于大哥的记忆，又一幕幕浮现于眼前！

家里六姊妹中，我最小，大哥长我十岁。大哥小时候聪明勤奋，学习成绩也不错。但他的性格很古板，总是那么不苟言笑，很少与我们亲近，甚至很严厉，小时候我有些怕他。大哥的书很多，但从不允许我们动。那年我大概五六岁，非常喜欢看书，对大哥藏在柜子里的那些书，充满好奇与诱惑。终于有一天，大哥出去了，忘记了锁书柜，我兴奋地摸走了一本，在放牛期间不小心损坏了半页。大哥回来知道了，狠狠地踹了我一脚，还臭骂我一顿。

那时家里做饭，基本上用柴火，还有风箱或扇子，大哥每次放学后，就会主动帮助母亲烧火，我至今还记得，大哥吃力地拉风箱时的样子，脸上常常沾着柴灰与汗水，十分滑稽可笑。那是一个物资贫乏的年代，生活条件不比现在。母亲炒菜时总是放很少的油，吃着这样的菜，我们总是觉得肚子里空空的，好在我们对吃饭没有那么多讲究，干完农活儿回来，就着一个下饭的菜，吃上几个烤番薯，已经是很幸福的事情。记忆中大哥最爱吃辣椒，他可以就着半块馒头，吃下一碗辣椒，我最喜欢看大哥吃辣椒时的模样，感觉他好像是在吃着世上最最美味的菜肴，让我也经不住对并不可口的饭菜感兴趣起来，同大哥一起大口吃起来。

由于家境贫困，离高考只差几个月，大哥不顾父母再三劝告，放弃了高考，毅然参军。到现在，大哥的第一学历还填着"高中"。多年后，谈及读书，大哥说：家里困难，父母不可能同时供我们都上学。我是大哥，我必须放弃，必须付出。说这话时，大哥眼睛幽幽地望着远方，透着伤感与无奈，但眼神异常坚毅。可我分明看到大哥双眼中有一丝湿润的东西在闪着亮光。

大哥于1980年报名参了军，他读过高中，写得一手好字，分配在驻军的团部做文书，业余时间，大哥仍然不忘读书学习，正踌躇满志准备报考军校时，遇上那年部队改革，百万大裁军。回家不久，大哥就结婚了。

大哥结婚后，做了四年的代课老师，在家乡的小学任教。这期间，大侄女玲，二侄女丹，大侄子彦斌相继出生，大哥一家五口也分家单过。大哥在外努力工作，大嫂在家也拼命劳作，可仅靠代课老师那可怜的工资，一家五口依然入不敷出，常常捉襟见肘。不得已，大哥辞职与四哥去了分宜做煤窑工。

听四哥说，多年脑力工作，拿惯了书本的大哥，常常体力不支，一天下来筋疲力尽，有时还要挨包工头辱骂，一般人是经受不住的，老实本分的大哥往往一声不吭，有时实在受不了，一个人默默地躲开，在没人的地方呆坐透气。一起做事的四哥，亲自看到过大哥下班后，边喝酒边睡着了的情景，还看见大哥两次偷偷地抹泪。在煤矿下井，苦累不说，最可怕的是经常面对生命危险。大哥所在煤矿，出了四次矿难，死了三个人。虽然如此，煤矿工这份工作，工资好歹比代课多了些，可以勉强维持家用。可后来，煤炭行业不景气，很多小煤窑纷纷关停，大哥又失去了经济来源。回家后，大哥又做过很多行当，烧石灰窑，收废品，卖早点，开杂货店。他自己去运货、送货，起早摸黑，可以说是辛劳了大半生，总是颠沛、劳碌，吃了不少苦！由于大哥太实诚，做生意不精明，所以他没有一样做得很成功，为此大哥很懊恼，很灰心。

一家人嗷嗷待哺，花销很大，处处碰壁的大哥横下心去了深圳打工谋生。

大哥孤身一人去深圳打工，大嫂是极不情愿的，说大哥一人独自在外，担心没人照顾，加之孩子或念书或尚小，她一个人在家难以支撑。大哥要离家去外闯荡的消息，是嫂子给我说的，还要我好好劝劝大哥。我把大嫂的想法说给大哥听，大哥似乎有些不耐烦，对我的劝解也是含糊其辞地应付着。一星期后，大哥毅然去了南方。而大哥走的时候，我在外念书，同样什么消息也没有。大哥一走，我似乎一下子没了目标，学习成绩曾经下滑了不少。以前大哥在家乡的时候，总是有一双严厉的眼睛盯着我，虽然在学习上帮不上我，但给我的鼓励鞭策，对我还是起了很大作用。

大哥在深圳打工的第一年，也许是大哥最难过的一年，这年，接连发生了两件大事。第一件事是有天上午大哥做工时出了点纰漏，因为右手靠机械太近，小指被锯断半寸，大哥当场晕了过去。治愈出院后，身无分文的大哥，又被老板无情解雇，流落街头。在饿了三天后的那个晚上，遇到一位好心老乡，才又找到了事做。大哥从小倔强，所有的这些变故，大哥没告诉老家任何人，只是自己一个人默默承受，我们都是从老乡的口中得知的。第二件事是大哥在新单位上班不到两个月，他的岳父就病重了。大嫂在电话里跟大哥哭诉，号啕大哭。大哥第二天就请假回家照看岳父。大哥那时没钱，他是借了路费钱回来的。

大哥在外打工，干着很累的活儿，四五年下来终于小有积蓄。那年大哥年终回家，给我们带了好多深圳的特产，与我们聊天时，也信心满满，说手里已攒了八万块钱，正准备在老家造房子什么的。父母和我们兄弟姐妹间，一片欣慰与祝福。我们看不到的是大哥孤身一人在离家千里的深圳打拼，那里没有亲人，没有依靠。而他日记里浓浓的乡思，前路的迷茫以及漂泊的辛苦，也是几年以后偶然翻到他的日记本看到的。

一年后，我如愿以偿考上了大学。接到通知书后，我按捺不住内心的喜悦，急忙借用学校办公室的电话，给大哥打了过去，大哥在厂子门卫的电话里，哽咽着，很激动，好像自己当年考取了大学。大约半个月后，我还收到了大哥的来信，看着久违的漂亮的小楷字，一种浓浓的亲情顿时传遍全身。大哥的这封信，字不多，也就六百来字，大哥说，要我戒除骄躁习气，生活上要继续保持吃苦耐劳，学习照样别放松，趁自己年轻，多多学习、力求上进，别老是玩耍，荒废学业。末了，还特意嘱咐我，要我好好珍惜机会，将来有出息了，有能力了，别忘了好好孝敬父母！

我大学毕业，成年了，可大哥依然很关注和操心我们几个弟妹。我们感情上如有个风吹草动，他总会多方打听，严加监督，偶尔通报给家里的父母，好让他们安心。姐姐结婚后，大哥劝导姐姐不要对姐夫管得太多，提醒她夫妻之间最重要的是要互尊互爱。对我只一句：要脚踏实地。我已不是当年任性的小孩，深知大哥的良苦用意，虚心谨记。

这些年，大哥迫于生活压力，经常忙于外出做事，我也在异地求学或工作，我和大哥见面的次数少之又少了。但每次见面唯一不变的是，大哥那一如既往的深情关切，当然还有严厉目光，不管是小时候还是长大后，他总会谆谆教导我，堂堂正正做人，踏踏实实做事。我们长大了，大哥老了，每见一次面，我总能感觉他又老了，鬓角又添了白发，额头又添了皱纹。

我一直想念大哥，即使一年中很少见面，尤其大哥离开老家在外打工的这十多年里，我始终牵挂着他，因为我的停薪留职经历，更使我知道在外游子的不易。我知道，大哥一定经历过很多的磨难，受过很多的伤痛。但是，我一直都没问过大哥这些，因为怕引起他伤心啊！

不知至今仍在外漂泊的大哥，你现在还好吗？

雾 里 看 妻

　　长假，妻子携小孩与其姐妹外出旅游，把七天的日子留给我，我一直待在家中习字看书，偶尔也写点儿"豆腐块"。第七天早晨，起床的时候，觉得脑子里像灌了铅，又沉又重，鼻孔里悄然流出鼻涕，我才意识到自己感冒了。正欲躺下再睡一会儿，忽然电话铃声促响，是高中一女友打过来的。我拿起话筒刚说："最近忙些啥？"那边便传来关切的话："你的声音怎么这般嘶哑，是不是着凉感冒了？吃了药没有？别太累了自己，可得注意身子呀！"

　　本来全身软绵无力，情绪极其低落，忽然听到女友这一席关切的话，顿觉无尽温馨，仿佛又获得了小时候母亲怀抱里温暖的那种感觉。

　　吃过早点，擦了半盒清凉油，又瞎忙了一阵，临近中午，感冒却继续加重，全身发冷，我只好上医院拿了些药。回到家时，妻子已先我一步旅游归来。

　　打过招呼，妻子平淡地瞟了我一眼，然后不停地扫视着客厅和房间，紧接着拧紧眉头，嘴里嘀嘀咕咕地发挥着她的特长：埋怨与唠叨。难道没发现我感冒了吗？难道没发觉我打招呼时声音变了吗？几天没见面，见面就不停地抱怨，我心里涌出丝丝惆怅。

记得刚结婚时，一次我到浙江出差，说好一个月后回家，谁也不许打电话或写信，妻子思我心切，等不到三天便一个长途电话呼叫过来，在家节衣缩食来与我煲"电话粥"，感动得我泪流满面。如今呢？感情平淡得整整一个星期没见，见面也只是麻木地望你一眼，难道我们的感情真的平淡如白开水？！

妻子边唠叨边进厨房做午餐。对她的唠叨，我没有去解释，倒了一杯开水准备吃药。

刚端起杯子，命令来了：去倒垃圾！平常像抓小鸡似的提垃圾桶，此刻却犹如千斤重。

拖地！又是一道命令。真想冲进厨房大喊：我病了，你知道吗？可是我不能，因为重感冒早已使我心有余而力不足。好不容易拖完地，我争分夺秒地喝了药，然后一屁股坐在沙发上，全身像散了架。

妻子的声音和着油烟味又飘进了客厅：摆好碗筷，再来端菜！

见我好长时间没有反应，妻子走出厨房，奇怪地盯着我："你今日怎么啦？"

可就是这句话，让身边早已熟悉的妻子，陡地陌生了起来，我感觉自己正置身在迷雾之中。

"没结婚多好！"面对妻子的漠然，我由惆怅转为失望，答非所问地说。

望着妻子惊愕的神情，我没再搭理她，独自回卧室睡觉去了。

（原载《萍乡日报》双休刊，2000 年 9 月 3 日）

我的二哥

　　人有时候真的是非常奇怪，就像我，爱好写作多年，做业余记者也多年，数不清写过多少人物专访，然而，对十分了解的二哥，却几乎没有去动笔。不是二哥没有什么可写，主要原因是太过熟悉，生怕写不好。

　　二哥从小聪明机灵，胆子也大，性子格外顽皮与倔强，用现在的话来说，就是有一点儿小小的"坏"。我六七岁的时候，父母在生产队出工，大哥在外地上高中，姐姐在建筑队做事，白天几乎都不在家。这时的二哥，俨然成了家里的"一把手"，对三个弟弟常常吆五喝六。二哥的年龄比三哥，正如四哥比我，也就大一岁多点，加之三哥老实本分，对二哥言听计从，像二哥的跟屁虫，他俩走得最近，经常黏在一起，我和四哥则形影不离。

　　那时，家乡的生产队栽种了很多西瓜，实行登记制。就是哪家哪户去摘吃西瓜，只要登记在户主名下，年终统一在户主头上减扣工分，或结算现金即可。二哥常常背着父母，带着三哥，去远在三四里地的西瓜棚，摘吃西瓜。我和四哥开始不知情，后来也知道了，馋得我和四哥常流口水，央求二哥带上我俩，可二哥就是不答应。于是，在二哥三哥去的路上，我和四哥偷偷尾随，他们走一程，我们跟一程，他们停下，我们也停下，总是保持一段距离。被二哥发现后，他竟用路旁的小石块，向我和四哥投掷，回赶着我们。我俩比二哥三哥他们小了六七岁，害怕了，再也不敢跟着。最后，他俩自然又是美美地享用了一番。当年终生产队结算时，告知自家摘吃了几百斤西瓜的情况，父母目瞪口呆。负责人说，每次都是二哥签的字，以为是大人吩咐他来的。回家后，二哥三哥免不了受到一顿斥骂，父亲甚至说要打他们。机灵的二哥，早一溜烟地跑远，留下老实的三哥，独自挨揍。

二哥也是我家男孩里最活泼，脑瓜子最灵的，他要是用上心了，学什么东西比谁都快。比如，家里请了木匠篾匠之类的师傅，他感兴趣了，会站在旁边一动不动，聚精会神地看着，不厌其烦地问这问那，心里琢磨着，不交钱却在偷学着手艺。后来，我家的桌子凳子，抑或簸箕、犁耙坏了，只要不是大问题，二哥常常能够自己修补。

脑瓜子灵活的二哥，读书却贪玩儿不用功。初三升学考试，二哥的语文数学等科目成绩，还勉勉强强，可英语只考了三分！结果，自然是名落孙山。父母虽很失望，知道二哥有些天赋，就是不懂事，不肯用功。父母仍然苦苦劝二哥，去复读一年。记得那天上午，学校开学三天了，父亲又在苦苦地劝二哥。"爹，我不读书了，我要去学木匠，一样有出息，况且，在学校，我连一双像样的靴子都没有，我才不好意思去学校呢！"二哥还是倔强地对父亲说。一番讨价还价，好说歹说后，见二哥油盐不进，被二哥气急了的父亲，突然站了起来，顺手拿了倚在门旁边的一根扁担，朝二哥投掷过去，好在二哥躲闪及时，否则，那次二哥非受伤不可。二哥嘟嘟囔囔，极不情愿，还是踏上了去学校的路。

到学校后，正当二哥还在为父亲要他读书之事赌着气，心里其实又想读书又不想吃苦时，他与班上一个"官二代"同学，不知什么原因，发生了矛盾。那名同学的父亲是我们当地的乡长，全家吃"商品粮"，一贯趾高气扬，瞧不起吃"农村粮"的二哥。而当时，城乡差别就像一堵无形的墙，农村孩子要想改变自己的命运，唯一的出路就是考上大学。两人在争执中，那同学说了一句话让二哥备受羞辱，也终生难忘。那名同学对二哥一脸的不屑，傲慢地说：你一辈子，就是种田的命！要强的二哥，哪曾受过如此奇耻大辱？从此后，二哥除了吃饭睡觉上厕所外，几乎把一切时间都用在了功课上。但由于基础差，落下的功课太多，二哥别无他法，只有拼了命死读。也就是从那时起，我发现二哥的性格变了，变得不像小时候那么倔强了，变得稳重了许多，这可能是岁月磨砺，更多的可能是成熟懂事了。天道酬勤，第二次中考，聪明又执着的二哥，终于以优异的成绩被当地一所师范学校录取。要知道，二哥是我们家族第一个考上正规中专的人，那年月管这叫"跳农门"，意味着从此吃上了"皇粮"。二哥的读书成功，对他自己和我们大家庭的意义重大：一是给了那些羞辱他、看不起他的人一记漂亮的耳光；二是圆了父母一直想要培养出一个读书人的梦想；三则为世代务农的父母争了光；四则为我后来考取大学，树立了榜样，起到了很大的激励作用。

长大后的二哥，还是我们兄弟姊妹中，最敬重父母的孝子。二哥对父母很顺从，几乎有求必应。只要父母有什么要求，他立马去办，很受父母信任。虽说我们兄弟姊妹六个，如今都有了自己的小家，但大家庭里的许许多多的事情，都会跟二哥商量。有时，二哥召集我们说的关于大家庭的事，其实大家心里都清楚，这肯定是父母同意了的意见，通过二哥传达给我们，我们只要照办即可。因此，二哥在六兄妹中的威望是最高的。兄弟姊妹们信服二哥的另一个重要原因，就是他为人诚信善良，不管兄妹间谁家有难处，他都会不顾一切地去帮助，直到事情完成好了为止。而在这期间花费的时间精力，甚至自己贴的费用，二哥则从来不计较，吃了亏也不会说什么，总是默默地来，悄悄地走。这里面，当然得到了同样热心大度的二嫂的鼎力支持。

二哥还是一个古道热肠之人，对亲人尤重情义。从二哥参加工作起，我就有这个印象，他特别爱我们这个大家庭，我们姊妹六个，一向和和睦睦，在我们老家是有好口碑的，主要就是二哥这个模范做得好！记得那年，我妻子下岗了，正迷茫不知如何选择时，二哥向我建议，筹办幼儿园。而要办幼儿园，选址建房，添置设施设备，至少需十万元。那时，我刚结婚不久，工资每月才不足四百元，手头的存款远远不够，资金缺口有些大，为此，我一时犹豫不决。二哥刚刚买了新房，不但没钱，自己都还有不少欠款。二哥知道我的顾虑后，他在言语上给我打气鼓劲，行动上帮我四处借钱。一分耕耘，一分收获，两年下来，通过二哥的帮助，自己的努力，我和妻子不但还掉了借款，还略有剩余。我能走出那段艰难岁月，时至今日，每每想起二哥，我心里都会暖暖的。

在单位，二哥也是当地有名的教学能手，不管是教书还是从事管理工作，都受到当地教育主管领导、业内同行的一致好评，并多次被评为先进工作者、优秀共产党员。由于二哥能吃苦，业务精，喜钻研，后来，二哥当了一所偏僻小学的校长。头一年，二哥就大刀阔斧地改革，狠抓业务，大力推行集体备课，听课评课等措施；同时，利用空余时间，带头家访，精准掌握学生基本情况，然后一一施以对策，使家长和老师融合在一起，并形成合力。功夫不负有心人，那年，二哥所带的学校在全镇综合考评中，硬是从倒数第三，变成了正数第二，来了一个华丽的成功逆袭！有人说，好男人必须同时具备三个条件：一是责任感，二是事业心，三是有担当。令我自豪的是，这三条在我的二哥身上，他不但全都做到了，而且还做得是如此地好。

当回忆起二哥，回忆起他的点点滴滴，写着写着，我心里百感交集，为我有这样的哥哥而骄傲。如今，二哥已五十开外了，无情的岁月年轮刻刀，在二哥的脸颊上留下了一道道深深的皱纹。侄子去年参加了工作，也结婚成家了，按理，二哥可以悠闲了。可事业心重的二哥，在那偏僻小学依然担任校长，依然挑着重担，我曾多次邀约二哥出去旅游，但二哥都没有时间，他离不开他的学校，村里的学生也离不开他。

　　二哥走过的人生之路是极其普通又平凡的，而对我们大家庭来说，又是极不普通的。世事在变，唯一不变的我对二哥的尊敬之情。

妻 爱 如 火

现在回想起来，妻是下嫁给我的。

大学毕业那年，缘于一次舞会，我认识了我现在的妻子。说实话，刚认识时，根本没想过两人会走在一起。妻子家住县城，她工作在萍城，一个省企国营单位，当时妻子的单位很红火，效益好，每月工资超过三百元，而同期教书的我，月薪一百六十元，差不多是妻子的一半。另外，我家一贫如洗，祖辈是农民；妻子家是工人家庭，全家吃"商品粮"。当然，后来妻子所在厂子破产，买断工龄下岗，那是后话。因为家境贫寒条件不好，家里双亲大人一再催促，加之妻子温婉可人，彼此一见钟情，于是我与妻子很快就结了婚。记得结婚后我常常得意地问妻子说，你是怎么看上我的？怎么还嫁到农村来了呢？每每这时，妻子总是莞尔一笑说：听了我妈的话，我笨啰！

结婚不久，恋爱时温柔细语的妻子，在烦琐的锅碗瓢盆交响曲里变了，变得脾气越来越大，话音越来越高，醋劲越来越足，火气越来越旺。

妻子喜爱唠叨，只要有空，几乎天天唠叨，事事唠叨。真应了那句俗话：婆娘婆娘，又像婆婆又像娘。可以这样说，吃喝拉撒、购衣穿袜，事无巨细，妻子真比我妈还要像妈。人倒是省心了，代价是得听没完没了的宣讲报告课。

妻子爱唠叨，河东狮吼。我开玩笑地说，假如唠叨可判刑，妻子最少是无期，从结婚到现在，毫不夸张，我是在妻子的唠叨声中顽强地成长。妻子可以一边干家务，一边唠叨个不停，叽叽喳喳，没完没了。我这人特懒，晚上不泡脚就睡觉，婚前单身，我这个毛病"自丑不知"，可是婚后让妻子倍感头疼。妻子发现我有这毛病，也跟我沟通过，可我这个坏习惯还真的一时半会儿改不了。记得有一次回来晚了，我特困，又忘了泡脚，刚坐上床沿，妻子凤眼怒瞪，嘴里又开始唠叨，说我没责任感，经常去外面"鬼混"，说完一脚把我从床上踹到地上。见收效甚微，后来实在没有办法，妻子就天天晚上，吼叫着催我泡脚，吼不动了就帮我泡。有几次妻子还把我从睡梦中叫醒，唠叨不停地催促我去泡脚。直到如今妻子都还帮我泡脚，当然还是习惯性地吼。

妻子爱唠叨，口若悬河。妻子若唠叨，往往用有哲理的语言，很响亮的声调，念哲学专业的我根本插不上话。婚后半年，女儿出生了，不晓人事的宝贝，几乎占据了妻子生活的全部。吃饭、睡觉、洗衣服一刻不得闲，常常刚为女儿突如其来的大便忙完，一摸裤子，却又湿得不成样子。干吗不帮我把尿？两只眼睛是出气的？只知道自己看电视？妻子冲着我噼里啪啦大喊。妻子的大喊，吓着女儿了。这下可了不得，一场马拉松式哭战开始了，直到哼唱半小时《摇篮曲》，女儿才宣告结束。更惨的是，晚上孩子要吃奶，妻子要把我弄醒，撒尿也要把我弄醒，反正她醒了，一定要我陪着她。陪她倒也罢了，总是碎碎地念叨：你怎么睡得跟死猪一样啊？你就不会学着给孩子换尿布吗？你是她爸啊。我好不容易帮孩子换了尿布，妻子又埋怨，教你多少遍了，怎么总是学不会啊？你一点儿不把孩子放在心上，你究竟在想什么，啊……那时，不知多少个晚上就在妻叨叨唠唠中"牺牲"了。后来，岳母把女儿抱过去，由她带着，状况才有所改观。

妻子特爱干净，只要在家，几乎天天擦地，日日换洗。妻子是个急性子，也是个直肠子，率真实在，想到啥说啥，眼里容不下一粒沙子，有事无事都大声嚷叫，不太会与人沟通，常常无意间得罪人，并非真傻。我常劝她，不必这样爱干净，太累自己，可妻子对我说她没办法，看到哪里脏就一定要打扫，自己不去做的时候，心里就非常难受。

妻子爱干净，不依不饶。不但自己爱干净，也要求我衣裤必须每天换，吃完东西必须马上洗干净。记得一次，妻子与朋友去外地旅游。妻子不在家的日子，我也落得清净，特邀朋友们在家"快活"了几天。没了妻子的监督，锅碗瓢勺成堆，鞋袜衣裤横七竖八。妻子回家一进屋，大惊失色，又狮吼大作。不知是不是她朋友的事先提醒，还是她自己突发灵感，往日此刻定会赶紧打扫收拾的妻子，一反常态竟无动于衷。吼累了，妻丢下一句狠话：啥时候屋子收拾好了，我就回来。说完，摔门去了娘家。事后，我三顾茅庐，笑脸赔不是，好话说尽，妻才班师回朝。

妻子爱干净，六亲不认。每天下班回家，第一件事就是找扫把，扫地特别仔细，而且经常跪在地上擦，然后洗衣服，做饭。妻子一视同仁，对亲戚朋友一样严格，弄得亲朋或同事，都说到我家串门不太习惯。去年暑假的一天，几个朋友来家打麻将，妻子又是泡茶又是拿水果，很热情。可当我想带朋友走进卧室参观一下时，妻子严肃地告诉我们，说房间刚打扫不能进。朋友走后，妻子把客人用过的茶杯和碰过的茶几沙发，擦洗消毒。朋友知道后向我吐槽，说你妻子人是不错，热情好客，就是要改改她那破习惯。作为一个特爱干净的妻子的丈夫，我也很无奈啊！

妻子还爱吃醋，只要风闻，几乎天天侦察，日日盘问。不知是谁说的，女人心，海底针，又说天下的妻子都爱吃醋，是个不争的事实。能总结得如此精辟到位，我绝对点赞。

妻子爱吃醋，远近闻名。我的同事、朋友、亲戚，甚至老家的乡亲，都有耳闻。记得那次，我们单位举行文艺晚会，因为活动现场嘈杂，我和女同事相互交流说话，会凑得近些。刚好那天妻来单位找我有事，看见了。妻子一上来，虎着脸，也不说话，把包故意重重摔在我和同事的桌子上，把女同事吓得一愣一愣的。第二天，全单位都传开了，津津乐道。后来我解释了半天，女同事方才释然。

还有一次，儿时的一个女发小在县城与我邂逅。当时，我与妻子正在一家小饭馆吃饭。发小多年在深圳务工，穿着时髦，喷了香水，本就漂亮的她，更透着几分妩媚。那次，因好久不见，我们两人忘我地聊着，后来就开始与我聊她的过去，聊了近一个钟头，时不时还开玩笑，我竟一时忘了妻子在身旁。突然，妻子起身气呼呼地走了，饭也只吃了一半。回到家，妻子大倒醋坛，说我从未对她这么热情过，让我和这个女人保持安全距离，说我是有家庭的人。说完，又从我手机上把这个女的电话、微信等联系方式，删除得一干二净。最后，还霸道地说：不要一见到好看女生就有那么多话，你以前说过，有了我之后，再也没心思和别的女人说话了，难道这是骗人的话吗？

单位小陈是出名的美女，性格活泼。有次我坐她摩托车回家，那时，同事都还没有轿车，有摩托车的也不多。平时上下班，我要么自行车代步，要么乘坐公交。小陈把我送到家门口，出于礼貌，我目送她转身离去。一进门，妻子就问，刚才送你的美女是谁？我实话回答说，就一个普通同事。不对吧，还普通同事，我在阳台上，见你站在原地，像掉了魂，是不是舍不得呀？我白了妻子一眼，生气地说：你别瞎琢磨，别无理取闹好不好？妻子见我生气，不免醋劲大发，连珠炮似的嚷道：谁瞎琢磨啦，谁无理取闹啦？是不是心虚了，啊？我不管，我不管，没车了就是走路都行，反正你以后不准再搭她的车！

妻子爱吃醋，广泛持久。妻子吃醋，有时毫无征兆，防不胜防，如有时走到大街上，我多看一眼美女，妻子会生气；跟女同事在一起聊天久了，或者偶尔开个玩笑，妻子会生气；翻出高中毕业时和前女友的合照，妻子会生气；听到同学议论说，有别的女生喜欢过我，妻子会生气；甚至看了我多年前在网上与前女友的聊天记录，妻子也吃醋生气。在醋海中遨游久了，妻子吃醋的水平日渐提升。要说妻吃醋，我从广州出差回来的那次，闹得最厉害。

俗话说，小别胜新婚，那次我出差回来，一进家门冲好凉，迫不及待地抱着妻子热吻。正欲进一步的时候，妻子忽然推开我，说：你身上怎么有香水味？我先是一愣，坚决说不可能，因为我知道自己是绝对清白的。但妻子不相信，还要我拿着自己的衣服闻。不闻不知道，一闻吓一跳，衣服上居然真有浅浅香气。我张大口，一时蒙了。妻子见我无法说清，哭着闹着，把我推出卧室，把门锁上，再也不理我。我在沙发上闷坐，搜肠刮肚地回忆，毫无印象。因为这个，妻子跟我整整冷战了三天。直到第四天，我才猛然想起，在火车上，邻座有一个女旅客，因困倦无意倚靠着我肩头，睡过一阵子。本来，我当时想推开，可看着她睡得正香，不忍心叫醒。之后，她醒了下车，我和她始终没说过一句话。最后，妻子还是选择了相信我，可妻子的醋劲之深广与持久，令我头皮发麻。

妻子的种种鲜明特色，我曾多年感觉是一种困扰，也曾偶有冲破这个困扰的念头，如今已过不惑的我，深知这其实是我的一笔财富，更是妻子爱我爱家爱生活的真实写照。妻子爱唠叨，是我的福气；妻子爱干净，是我的脸面；妻子爱吃醋，是我的清醒剂。

妻爱深深，妻爱如火。妻的爱，怎一个"火"字了得！

命运坎坷的三哥

　　一直想写写三哥，可是苦于心中太多的感伤记忆，往往刚提笔，手却犹如握着千钧之重，不知从何说起。这样的思绪一直拖着，压在心底，不知多少年了。如今我转瞬奔五，我想，是到了该整理的时候了。

　　三哥出生于 1967 年，从小聪明好动，特别吃苦耐劳，积极、爱表现，重情义，但就是不太爱读书。当时农村教学条件较差，学校不得不勤工俭学，养猪，也种蔬菜。上学时，爱劳动的三哥总是第一个到校，争着打扫教室、走廊，为学校扯猪草，为菜园挑水浇水。甚至有时，讨厌课本的三哥还主动问老师，今天要不要搞劳动。由于成绩平平，三哥似乎只有在劳动中，才能找到自信。为此，三哥每学期都被学校评为劳动积极分子，捧回同样一张红红的奖状。起初，老师不准三哥去劳动，可他哭着闹着非去不可，老师只好向家长反映情况。一段时间后，父母也知道三哥不愿读书，爱劳动，没办法，也就随着他，三哥也乐得自在，以在学校搞劳动为荣。

　　那年月，家里异常艰苦。母亲十年间，因生养我们七个孩子，几乎没有坐过一个完整月子，就得下田地劳动，落下一身的病痛。从此，母亲身体虚弱，难以扛体力活儿。再就是，家里需要劳动力，拿工分换口粮，一家七八口人得吃饭。父母见三哥实在不愿读书，劝了几次后，也就没有逼他。于是，读完四年级，三哥就回家干农活儿了，成为父母的好帮手。当时大哥在部队服役，姐在村建筑队做事，二哥在镇上寄宿读初中，二姐三岁夭折，四哥和我才六七岁，家里真正做事的，就父亲、母亲、姐和三哥。所以，才十三岁的三哥，也就理所当然地成了家里的劳动主力。

不久，家乡分田到户，吃饭总算有了保障。可日子要过得宽裕些，仅靠几亩薄田地，却很难做到。除了种好四亩责任田，三哥还做过建筑小工、泥瓦工、烧石灰、挑煤工，后经商、挖煤炭、开快餐店、置办香厂、开煤球厂、开水店。记得三哥辍学后，先跟姐姐到了村建筑队干活儿，做挑砖头的小工，严寒酷暑，日晒雨淋。半年下来，三哥的手像松树皮一样粗糙，衣服经常被砖块划出口子，吃得也差，几乎天天都一样的伙食，萝卜白菜，繁重的劳作与瘦小的身子，极不相称。

这时，我上小学了。三哥省吃俭用，用自己攒了一年的零花钱，给我买了一支墨水钢笔，在那物资贫乏的年代，一支钢笔能让我兴奋好些年。去年，我把这事讲给女儿听，我依旧难掩激动，可女儿看着我感动的表情，露出不可想象的样子。三哥所赠的钢笔，见证了我刻苦成长，也见证了我考取大学，伴我度过了十年寒窗苦读。我考取大学，三哥格外激动，颠三倒四地总说着一句话：这下好了，我家总算出了个大学生！仿佛我读书越多，越能弥补他文化少的遗憾！记忆犹新的是，开学那天，在外做事的三哥特意休假两天，帮我扛着皮箱，拎着行李，一直送我到学校寝室。我想，那些日子，应该是三哥最开心得意的时光。

随着改革开放，城乡经商潮渐渐兴起。嗅觉灵敏的三哥也不甘寂寞，筹了些资金，做起了贩卖瓷泥的生意。从家乡的山上挖瓷泥巴，运到芦溪县上埠镇的私人电瓷厂去卖，一趟也能挣几

十块，三哥信心十足，起早贪黑干了很长时间。至今记得三哥在跑运输的路上，顺便到我读高中的县城学校，为我带米送菜的情景。

可好景不长，与三哥有生意往来的那家电瓷厂因经营不善倒闭了，老板不知踪迹，欠三哥的货款成了一笔烂账。无奈之下，三哥挑着简单的行李，从老家到外村深山的一家小煤矿去找事做。那个时候，不到走投无路，是没有人去做挖煤工的，总觉得那是生死未卜的工作。其间，三哥结了婚，后来添了我的侄女西和侄子峰。四年后，靠着节俭攒下的两万元血汗钱，雄心勃勃的三哥与当地一个朋友，合伙买下这个小煤矿。只一年，三哥就风生水起，除了成本，差不多净挣四万，在20世纪90年代初期，这些钱足以盖一栋漂亮房子。三哥准备卖了小煤矿，然后在老家盖房子。可三哥的那个合伙人，想再多挣点儿，不同意三哥退股，决定再扩大煤炭生产。半年后，当他们进一步深挖时，打穿了水，整个煤矿淹没了，三哥血本无归，还欠下一万多元外债。

没有了本钱的三哥，并没有消沉，而是又踏踏实实地从小买卖做起，准备东山再起。三哥决定从老家搬出，全家在县城郊区租住了一个很破旧的房子。三哥开过快餐店，因生意惨淡，很快就停了；接着，又与朋友办了一个小香厂，做香火蜡烛生意，也没做多久，因销路不畅，惨淡收场。后因小孩要上幼儿园，又搬迁至县城租住。那时，我刚结婚，住在芦溪县城岳母家，正好与三哥租的房子相邻，只有三十米距离。

几次沉重打击，便三哥生活异常艰苦。最困难时，要等米下锅。记得有一次，我下班后，顺便到蔗棚下菜场买菜回家。突然，三哥那熟悉的背影映入眼帘！只见他正弯着腰，在菜场附近的铁路上，捡着废铁丝之类的废品。我不敢相信自己的眼睛，慢慢靠近，低头一瞧，果然是他。我怕要强的三哥看见，想赶快转身，可还是慢了一步，三哥抬头看见了我，嗫嚅着，始终没说话。原来，那段日子三哥家里已断了粮食，他宁愿捡些零星废品，卖钱换米，也从不向父母和我们开口借。我怔立原地，心一揪一揪地痛，任凭泪水默默地流淌。

屋漏偏逢连夜雨。那段岁月，三哥在外创业拼搏，极其艰苦，三嫂不但不支持他，还因家庭琐事，常常与三哥争吵，吵到严重时还动起手来。三哥伤透了心，不得不选择离婚，两个小孩跟他们娘一起生活。三哥在事业上处处遭受打击，家庭上又妻离子散，他当时虽是年轻刚强，但内心定是痛苦不堪的。可在我的记忆里，没见三哥流过眼泪，也没见他消沉哀叹。

经历了婚姻失败，家庭变故，三哥刚离婚那阵子，情绪一度低落，苦于无法劝导他，我只能想尽办法，鼓励他振作，没有迈不过的坎，一定会走出这块沼泽地的！

韧性十足的三哥，很快从低沉中走了出来。不久，三哥又独自办起了煤球厂。由于质量好，送货及时讲信誉，三哥的生意越做越顺，另外值得庆幸的是，在这段时间里，三哥又重组了家庭。相比之下，这段时间，三哥过得还算可以：离家近了，活路轻了，生活也好了。不到三年，三哥又有了小积蓄。我和兄弟们都劝他，可以考虑买一套商品房，先把家庭稳定下来。因为，有一个固定温暖的窝，毕竟是我们这些普通百姓最大的愿望。这个想法，三哥自己也有，也正是在外漂泊多年的他的最大心愿。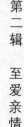

可命运再一次捉弄了三哥。2007年9月24日，农历八月十四，三哥遭受了他人生中最大的打击，也是我们这个大家庭遇到的最大打击！那天我和二哥在电话里正商议何时回老家看望父母，因为第二天是中秋节。这时，我接到三哥打来的晴天霹雳般的电话，三哥送煤球的三轮货车撞了人，特别严重！

那些日子，全家人为此忙得焦头烂额。三哥的煤球厂和几万元的剩余散煤，都被法院封了。三哥也被关押在县交警队，后移送转押到当地看守所。出来后，已四十二岁的三哥，再一次一无所有。

为了生存，三哥毅然决定去外面闯荡生活。先在广州，后转株洲，大概又打了半年零工，由于没文化，年龄偏大，总是找不到合适的事做。恰巧，家乡一个开水店的老板，另有高就，把水店转让给了三哥。三哥盘下水店，做起了送水工。送水工，特辛苦，甚至感冒都不取得！时间没准点，风里雨里，底楼高层，还要随叫随到，慢了，顾客或许就会更换别人；一年也只有一天休息，那就是大年三十的下午，和正月初一的上午。可就是这样，一般人吃不了的苦，三哥坚持做了十年！如今的三哥，已完成了买房的最大心愿，两个孩子也已长大，都有一份正经事做，生活总算安定了下来，并向稳和好的方向发展。

都说，海无浪花不美丽，人无挫折不伟大。可每次面对三哥，我时常心想，命运格外挫折坎坷的三哥，是不是很伟大？若是人生非要如此，我宁愿我的三哥，余生一点儿都不伟大！一点儿都不！

四　哥

　　妻子告诉我，住在乡下的四哥来过，送了一摞新鲜蔬菜，刚走。我问为啥不留住，妻说，四哥怕麻烦我们，说啥也不吃晚饭。

　　我赶紧打电话过去，四哥说家里还有鸡鸭要伺候，下次肯定留宿。末了，还特意叮嘱我，在外好好工作，家里父母有他照顾，别担心。

　　挂了电话，我呆呆地坐在沙发上，抽着闷烟，心里一阵酸楚。前些日子，四哥劳作时崴了脚，至今走路还有点跛。可以想象，四哥跛着伤脚又不肯花钱坐车，是如何把这么大一摞菜，徒步三十里弄到我这里的。我知道，执拗的四哥，还是一如既往地疼我。往事如腾起的烟雾，在大厅里弥漫，我啜泣着任由思念的泪水滑落。

　　家中共有六姊妹，四个哥，一个姐。大哥二哥三哥都比我大六岁以上，姐在我九岁的时候就出嫁了，只有四哥与我年纪相仿，感情最好。四哥只比我大一岁零七个月，属狗，头发有点儿自然卷，身材打小单薄。脸颊清瘦，下巴略尖，一对单眼皮，却很有精神。我俩从小一起长大，上学或玩耍，哥俩基本上形影不离。

与四哥一起成长，小孩过家家，打打闹闹的事情自然少不了，有欢乐也有不快。儿时的我，恼怒时甚至恨不得暴揍一顿四哥。记得有一次我跟四哥斗嘴吵架了，没争吵几句，他就瞪起双眼，对我怒目而视。见此情形，我怕四哥打我，拔腿就跑。身后传来急促的追赶声，而且声音越来越大，我感觉他越来越近，跑着、跑着，我就被吓得大哭。冲到父亲那里告状说四哥打我，要父亲帮我治他。急脾气的父亲没听我讲完，立刻拉着我一起找四哥算账。找到四哥后，父亲问都不问就打四哥屁股。嘴里重复地骂着"看你以后还敢不敢欺弟弟"这句话。四哥分辨：我哪有打弟弟？我连追都没追他，他就哭了。关我什么事？原来，四哥只是用脚在地面跺，且越跺越快，让我听了误以为他真要追打我了。你是哥哥，就该让着弟弟，你不惹祸，弟弟就不会哭，父亲再次不由分辨地呵斥。但不管怎样，父亲替我报了"仇"。记得当时，我转瞬破涕为笑那份得意，开心极了。

若干年后当我和四哥回忆起这一幕，我俩都开怀大笑。四哥笑我笨，我却分辨说：不是我笨得分不出那脚步声，只是四哥你总欺负我，听见你的声音心里都害怕。我的抢白，让曾经欺负我的四哥，无言以对。我接着说，我倒想把四哥欺负我的事情一一记起来，有空就"算算账""数落数落"他曾经犯下的"罪行"。四哥听后，嘿嘿干笑。

四哥与我同一年发蒙，母亲说是兄弟俩好相互照应。因此，小学一至四年级，我俩是同班同学。可到了五年级，学习成绩不如我的四哥，受不了同学们的嘲笑，"誓死"要辍学。后来与同村的伙伴，远赴分宜务工。从此，我俩离多聚少。我还是一如既往地读书，四哥却永远地进入"社会大学"。至今谈起此事，我还埋怨母亲当初的决定，为什么不让四哥早我一年读书，不然聪明的四哥或许像我一样能考上大学。

在家里老欺负的四哥，在外却是我的保护伞。五年级时我的同桌的父亲是村长，不爱学习，仗势欺人。他妒忌我成绩好，或因我母亲家成分是地主，在当年那个讲出身的时代，让子女多少有些抬不起头，或许二者兼有。总之，他看我不顺眼，好欺负，几乎成天借故找茬儿羞辱我。有时偷看我的日记，有时故意把凳子拿走，弄得我摔倒在地；有时带头叫班上的人一齐起哄嘲笑我；有时叫上几个小混混威胁我，还不准告诉老师，说要是我报告老师就叫哥们儿来修理我。当时已经辍学的四哥听说后，不顾一切地操起一根长棍，气势汹汹赶到学校，吓得我那同桌不敢出声。从那天起，那同桌再没找过我的麻烦。

四哥是个开朗幽默、乐观自信的人，是我们家的"开心果"，他经常会语出惊人，他的一句玩笑话有时会逗得全家人乐上好半天。四哥说笑话时，表情异常严肃，就像电视中相声演员一样。常能逗得旁人笑得前俯后仰，可他自己面无表情，仿佛刚才的笑话不是他讲的一样。越是这样，大家笑得越开心。

四哥辍学后，做过很多工作。泥瓦工、煤矿工、小时工、当学徒、修手表、开出租、养猪牛、搞货运等，我知道的就有八九种，还有我不知道的。我上大学时，四哥在二哥的牵线资助下，在镇上的一家钟表店里做学徒。学成出师后，四哥把东拼西凑的钱买了修理工具，打算自力更生开店经营。由于租不起店面，四哥只是把老家的一间房间改成了修表店。因为是农村，我们老家在村道最不热闹的地段，修表店终因生意惨淡没做起来。后来，四哥又不停地换事做，努力地自给自足。再后来，已成家的四哥和四嫂又去浙江打工，听说四哥一年轮岗过不少工种，不是因为不能吃苦和不够勤快，主要是没有文化。就是这样四处艰辛漂泊游荡讨生活的四哥，依然乐观自信，从不怨天尤人。四哥的这份努力勤奋与自信自强，我身上已经少了许多。

处处呵护我的四哥，对我做农活儿却严厉得要命。那年炎热暑假，家里"双抢"，父母哥姐都累得够呛。一直上学的我，农事做不习惯，又最小，于是我总是借口要读书做作业，想偷懒不去。这时的四哥，半鼓励半命令我说，是男人了，也该算一个劳动力。我挑着特意缩短专为我量身定做的禾架子，卷着裤腿，赤着脚踩在滚烫的田里。刚割起，不小心刀尖就划到了脚跟，破了一个小口，加之稻叶扎脸，我实在不愿收割了，四哥怒吼道，就你是人，别人不是人吗？当时，看着一脸严厉的四哥，我恨透了他。晚上胳膊酸痛，趴在床上。四哥为我按摩解乏，边按边说：不是哥心狠，更不是眼红你读书，哥是要你体味农村的苦，才知道发狠读书呀！将来能跳出农门，不要像哥一样没文化，只能种田干粗活儿。说完，四哥没再吱声。幽暗灯光照在四哥清瘦的脸上，还有那迷茫呆滞的眼神。那眼神，从此一直刻在我的脑海，每每忆起，揪心地痛。我当时就哭了，其实，我心里清楚，四哥是为我好，他这是别样地疼我。

自那以后，四哥愈加疼我。上初中，读大学，参加工作，结婚成家，直至如今，我一直在四哥的宠爱中成长、生活。记得上高中时，四哥在分宜做煤矿工，那时工钱才几十块。可四哥每次回来，他都要给我五块甚至十块钱买书或零花。在三十年前的农村，让同学们羡慕不已。我一贯怕冷，每到寒冬，看着我白嫩的双手长着冻疮，四哥总是关切地对我说：要置买什么衣物，钱不够用吱声，四哥给你。

光阴荏苒，岁月匆匆。那年我结婚了，租居县城。婚后我郑重地告诉妻，我结婚之前的二十三年，四哥最疼我。以后除父母外，你要最尊敬四哥。婚后妻子一直兑现她的承诺，四哥四嫂叫得比我都甜。四哥四嫂也特别喜欢我妻子，打了野味，鸡下了蛋，蔬菜熟了，都第一时间赶来送我。妻怀孕期间，我上班没时间照顾，就一直在老家待产，刚好赶上四嫂也怀孕。每次母亲忙的时候，妻子换洗下来的衣服，四嫂就替妻子洗好和晾干，只让妻子搬个凳子，坐在边上陪她说话。这时，在外忙了一天的四哥，放下农具，又急匆匆洗米挑菜做饭。邻里们都说：四哥那么宠你疼你，以后到你城里家中，你可要做最好的东西给他吃。四哥听后总是笑笑，又忙起手中的活儿。次年五月，我女儿雅儿出生，雅儿满月时，四哥特意从老家到县城看我们。因为有四哥的疼爱，老家的邻居和我同事及朋友们，都很羡慕我。我自己也觉得我是全天下最幸福的弟弟。

又是一年春风起，又到了插秧的季节了，是该回老家看看四哥了。虽农事生疏，帮不上多少忙，哪怕陪四哥说说话也好，我该为四哥做我该做的一切。四哥你放心，我已不再是过去那个懦弱小孩，我长大了，也学会了坚强，谢谢四哥对我的关心与疼爱。我心里一直这样想着，假如有来生，我还做父母的幺儿，还做四哥的小弟。

来生还要做父女

　　那年，骄阳似火的夏季，一个小生命降生了：女儿雅。当我和女儿产生深深的联结时，我的心里盈满爱意，我的眼里盈满泪水。这种深深的联结感，让我深深体会做父亲的喜悦与牵挂！她那嘹亮的啼哭，光亮了爸爸妈妈的心田，作为父母的我们，从此牵肠挂肚。自从有了你，生活中的我们，再多的烦恼忧愁，再多的辛劳疲惫，在你的举手投足，一颦一笑间，烟消云散。

　　当爸爸的心里装的全是女儿时，那是爸爸老了；当女儿的心里装的不全是爸爸时，那是女儿长大了。我坐在书桌前，徜徉在回忆的幸福里，感慨万千。从你出生那天起，我这一个粗枝大叶的大男人，愣是陷入了女儿的温柔小意里，一猛子扎进去，回首已是二十一年。

　　女儿出生几天，就很会表达了，不要吃奶时就拼命摇头摆手，才几天的小家伙，就知道拒绝和抗议了。熟睡时，嘴巴一嘟又一嘟的，好像还在吸奶，还发出咿咿呀呀的声音，可爱极了。两个月时，我转过头看着女儿，女儿也跟着转过头看着我，眼睛会跟随爸爸了。三个月时，开始和爸爸讲话了。当我深情地望着女儿的眼睛，带着微笑和爱意望着她，她会开心地一笑，嘴里发出"哦哦"的声音，她说一句，我就跟着她说一句，她开心得不得了，眼睛里满是笑意。看到女儿这样的笑，简直像是看到了姹紫嫣红的春景一样，幸福极了。女儿，爸爸爱你！我在心里大声呐喊。

稍大后的女儿，愈发聪慧可爱。记得有一次，刚满三岁的女儿跟着她姥姥，去远在二十里外的乡下吃喜宴。那天，云淡天高，风清气爽，回家的路上，小家伙跟着姥姥，走到一半路程时，累了，不走了，撒娇缠着姥姥，要坐摩托车。姥姥故意逗她说，姥姥没钱，小家伙居然知道哄着说，姥姥坐车吧，坐车吧，等我长大了，挣钱给您，好不好？见小家伙如此聪慧，平时舍不得花钱的岳母，破天荒地花了五元钱，打"摩的"回了家。事后，岳母讲给我和妻子听，大家心里都像喝了蜜，这小脑袋瓜子，不赖呀！

女儿六岁时，我们搬迁至宣风街住，当时她正上小学一年级。一次，女儿学校放假，妻子上班不方便，无奈之下，我只好带着她去上班。当时，我在办公室工作，事情繁杂，根本没时间陪她照顾她。快到中午时，女儿大概玩累也玩烦了，跟着在学校读书的一个寄宿在我家的远房亲戚的女儿，骑着自行车，一起回了家。临走，女儿怕我担心，在我办公桌上留了一张便条。"爸爸：我和姐姐一起回家了，您别担心。女儿，邓卓雅。"看到桌子上女儿歪歪斜斜的字迹，我感慨不已。女儿才六岁呀，我平时也没教过，写的便条，格式清楚，内容通顺，胜似我教的许多职高学生。一时间，我百感交集，眼睛竟湿润了起来。

生活中，很多的时候，女儿其实是我的老师。童言无忌，童眼纯净，思维直接诚实，都是值得大人们学习的，从女儿的言语行事中，我常会反思自己的不足。比如，少抱怨，多实干。记得，女儿每每放学，一回家书包放好，第一件事，就是抓起客厅茶几上的糖果，馋猫一样，然后才去做作业。瓜皮果屑，横七竖八，一片狼藉。妻生气地对女儿嚷嚷：为啥你一回来，咱家就这么乱？简直是遭强盗抢劫的样儿！女儿看看妻和我，笑着说：收拾收拾不就行了？是啊，收拾收拾不就行了？即便是抱怨千万句，不还是要收拾吗？生活当中，我们的抱怨总是太多，却就是不愿静下心来去实干。再如，幸福其实很简单。女儿喜欢吃小炒肉和土豆丝，看见餐桌上有自己喜欢吃的菜，常常高兴地哈哈大笑："爸爸，又有好吃的，我真幸福呀！"女儿的确率真可爱。其实，大人们静下来仔细思量，世间事，绝大多数，多是庸人自扰，自寻烦恼罢了。人生的幸福，往往就在随遇而安简单直接中。是啊，生活其实很简单，是我们大人把它越过越复杂！

女儿，你是爸爸的福气。你幼小时爸爸细心照顾你，祈求你健康快乐成长。当你生病了，爸爸是多么着急与难过；当爸爸病了，夜深时你还依偎在爸爸身边，怕爸爸难受，你不肯睡觉，贴耳轻语："爸爸，你睡吧，我看着你。"女儿，你知道吗？爸爸的病，已在你的轻声问候里随风飘走，爸爸的心，已被幸福填满。

女儿，你也是爸爸的感悟。俗话说，三年之痛，七年之痒。那年，你七岁多，我和你妈差点儿走到了分离的边缘。当我试探着问你，说假如爸爸妈妈不在一起了，你跟爸爸，还是跟妈妈？懂事又聪明的你，哭着摇头，始终只有一句话：我要爸爸，我也要妈妈，我要爸爸，我也要妈妈。女儿流着泪，说到第三遍时，我已下决心，一辈子不再离开你！心神一定，我泪流满面。

女儿，你还是爸爸的骄傲。记得初二家长会上，我作为优秀家长发言。你那次考了全校第一名，我真的太过兴奋了，以致在发言中，有些紧张，有些颤抖。当看到桌子上，留给父母的《致家长的一封信》，在信中，女儿首先分析了成绩进步的原因，也看到了自身的不足。最后，你在信中写道：我会一如既往充满自信，成绩的取得，大部分得益于爸爸妈妈对我的鼓励和支持，你们永远是我坚强的后盾，感谢您们。爸爸妈妈走进了你丰富的内心世界，我再一次被你感动流泪。

光阴似箭，日月如梭。转瞬间，你已进入高中。高中三年，你几乎没有完整休息过一天，做不完的作业试卷，看不完的课本读物，每天六点起床，十一点半才能睡觉。小小年纪，风雨不误。有一次，晚上十二点半了，你还没有做完试卷，望着你红红的眼睛，真想收走你的卷子，咱不做了！但我还是忍住了，我知道，这不是一张试卷的事，而是要磨炼你的毅力与意志。女儿，你知道吗？那一晚，我心疼得半夜醒来，直到第二天凌晨六点，准时叫你起床，中间再也不曾合眼。这十二年的寒窗苦读经历，多少艰辛和泪水，只有爸妈和你能体会。最终，你不负期望，以优异成绩考上了全国重点大学。

女儿，你知道吗？自从有了你，爸爸的生活里充满了快乐、幸福、欣慰与满足。四季更替，春夏秋冬，变化的是女儿的成长与进步，不变的是我与你妈对你浓烈的爱。女儿，如今你大学毕业已走入社会，这是你人生新的里程碑，新的起点，前面的路也许坎坷，也许布满荆棘，你需要更自信与坚韧，更强的责任与胆识。女儿，看着你一天一天成长，爸爸心里为你高兴，也常常失落与忧伤。爸爸并非担心自己老去，而是舍不得你长大，舍不得你独自经风历雨，迎霜斗雪。我内心真希望，你能一直依偎在我们温暖的怀抱，由我来为你挡风遮雨。可我知道，再怎么舍不得，终有一天你还是会长大的，会挣脱爸爸手中那根线，像一只越飞越高的风筝，飞向天空，飞向远方。

雅儿，你知道吗？生命中有女儿的爸爸是幸福的，幸福的爸爸也要感谢你。是你，让爸爸学会了许多，感悟了许多，也享受了许多甜美与快乐。爸爸陪你成长，你陪爸爸成熟。女儿，有了你之后，我常常会痴痴地想：假如一个人没有来世，今生今世，应尽可能活得久些，只为可以多做一会儿你的父亲；假如一个人有来世，下一辈子，我和你一定约好，来生还要做父女！

第二辑　百味人生

幸福如饮水，孤独心冷暖自知；

真情似下雨，有人为你撑着伞。

人生尝百味，甘愿一起守天亮；

内心越强大，没有迈不过的坎。

倾情教育，专注理想

——记香港理想教育国际投资集团公司之行

夏天艳阳高照，尤其是南方广东，更是酷热难耐。此时此地就像是个大烤箱，太阳把地面烤得发烫。七八月的东莞，虽然处处是满目苍翠，鸟语花香，但热，却是我当时最大的感受。走在大街上，人就算不怎么动，也浑身冒汗，就连空气也是热辣辣的，偶有微风吹在脸上，也都是热意扑面。

为了学校专业建设与学生实习实训工作，我受学校领导委托，戊戌岁八月，阳光灿烂的一天，到香港理想教育国际投资集团进行了一次别有意义的拜访活动。我也名副其实地出差了一次，是关于校企合作提升的共商之旅。

那是一个周三的上午，阳光依旧火辣辣的，让人有种慵懒困顿的感觉。我和单位其他三位同仁，坐了近五个小时的火车，来到了位于东莞的香港理想教育国际投资集团公司总部。

刚下车，在公司门口，老远就听见吴杰爽朗的笑声，连续几句"欢迎，欢迎"的磁性嗓音，高亢洪亮，直灌双耳。我们和吴杰通过几次电话，声音有些熟悉，除了是男声外，场面像极了《红楼梦》中的王熙凤出现。只见一个身材不高，腰板笔挺，格外精神的帅气小伙，笑容可掬，快步走到跟前，轮番紧紧握住我们的手，又是连续几句"辛苦了，辛苦了"。

切实感受了主人的热情，相互介绍后，简单寒暄几句，我们一行四人，也没再客套，随着在大门口等着我们的迎领人，直奔公司。

我们首先来到总经理办公室，吴杰的房间。室内空间并不大，大约有二十平方米，但布置温馨别致，得体大方。房子里每一件物件，都错落有序。一张老板桌，红得锃亮耀眼，搁在正中央，很是气派。桌子上的纸、笔，还有文件等用品，摆放整齐；桌前是茶具，桌旁是一套真皮沙发；房间四周墙上，挂着三四幅书法作品，装裱精致，一看，就知道主人有些文艺倾向与爱好。

双方落座后，斟上早已准备好的功夫茶，一一递上，接着又是简单几句寒暄，吴总就直奔主题。吴杰首先对他们公司的现有规模、历史，作了三分钟简要归纳，然后又对公司的管理模式、主要业务等方面进行了介绍。作为在广东生活了十几年的湖南人吴杰，他的普通话中，长沙音及粤语"尾子"相混，挺别致。刚开始，我听着有些吃力。好在吴总讲话，简洁又有条理。再加之，吴总老家与江西临近，是半个老乡，讲完后，总算能抓住个八九不离十。

接着，作为客人的我们，也简要介绍了此行的目的。接下来，我们之间很自然就聊到了校企合作。会谈中，吴杰思路清晰，风趣幽默，快人快语，豪爽至极。本打算进行两个小时的沟通谈话，竟然半个钟头就顺利完成了。正事谈后，始终笑眯眯又充满自信的吴总频繁地为我们斟茶，并且热情地招呼着。看着吴总彬彬有礼的神态，似乎我们与他，并非初次见面，我顿时心涌一种多年相识的感觉。之后，我们又聊起了家常，不知不觉间，距离就这么被拉近了。

出了总经理办公室，我们的重点是考察公司的办公区域、企业文化、员工精神面貌等工作情况。我们一路走来，吴总一路讲解，让我们大概了解了他们公司的内部分工，以及功能区域。其间，我们也观察到了他们员工的坐班情况。我一边参观，一边心里暗自计算着人数。通过粗略估计，公司总部人员并不多，应该在四十人左右。人数虽不多，但发现他们个个精神状态很好，员工们静悄悄的，都在认真埋头看书或工作。见我们来了，他们先是左一口右一口"吴总好，吴总好"甜甜地叫着。得知我们是来参观的，员工们又暂时停下手头的工作。大家或起立，或点头，或微笑。置身其间，他们始终没有让我感到初来乍到的陌生与不适应。

近两个小时的参观，我们从公司二楼走到四楼，逐一细看。总体印象是香港理想教育国际投资集团公司实力雄厚，文化底蕴深厚，我们还是觉得收获很大。结束时当我们一行再一次回到吴总办公室坐下来沟通时，我们也谈了我们的感受和建议。

这一次的交流，少了第一次的拘谨与生疏，彼此间格外轻松、愉快。双方在互动、互助的气氛中，时而热烈鼓掌，时而开怀大笑，并对后期的工作做了一些分工与安排。一看时间已经中午12点多了，我们便启程到早安排好的酒店里共进午餐。

没想到，午餐桌上，吴总给了我们此次一行最大的惊喜。香港理想教育国际投资集团创始人兼董事长谭青才先生居然在餐厅等候多时。

开餐伊始，谭总面带笑容，端起酒杯，微微扬头，一饮而尽，然后向大家深情致意。"你们觉得公司怎么样？""你们觉得公司哪些方面需要改善？""我们之间的合作，有没有什么困难？"餐桌上，帅得颇似影视男明星的谭青才，挥洒自如，侃侃而谈，一会儿国际视野，一会儿南北风味。一听，就知道谭总是个见多闻广、学识渊博之人。短短十分钟的即席讲话，谭总驾驭语言的能力，就征服了我。

接下来，此次午餐，谭总自始至终都是"男一号"，我们也甘心当"听众"。整个餐厅洋溢着温馨祥和的气氛。谭青才频频敬酒，热情得体，他边吃边谈，与我们倾心交流。时不时，他还来上一两句名言，一并鼓励大家，心要紧紧依靠在一起，再接再厉，为校企合作快速发展贡献更大的力量。谭总的讲话，几乎随处都是精华，令人受益匪浅。

望着谭总深情并茂、潇洒专注的样子，我忽然想起了，来之前在书册上看到的，谭总的人生格言："不管贫穷与富贵，不论健康和疾病，我们将始终不离不弃，坚守教育岗位，我们宣誓：将此生献给教育事业。"我心里不禁涌起感慨：看来，每个成功者的成功，都不是偶然的。都是他们专情某个行业，专注自己理想的最好诠释！

带着愉快又亲切的心情，更是载着满满的信心与收获，我们一行四人，与谭青才、吴杰等依依握别，便踏上了返程。

斑 驳 岁 月

斑驳岁月，岁月斑驳。人生缘异，各有色彩。恰如郑燮《板桥自序》里"有时说经，亦爱其斑驳陆离，五色绚烂"。又如屈原《离骚》中"纷总总其离合兮，斑驳陆离其上下"。

有人说，往事如诗，岁月如歌。说得文雅，并不全是；也有人说，岁月是把杀猪刀，刀刀催老。虽显俗气，却也真实。而我更愿意觉得，或更愿意相信，岁月如烟，如雨，如书，如酒，如茶。

斑驳岁月，岁月如烟。岁月如烟，在云烟里滋生。岁月是屋前房后的欢乐童年，是高山大地上的绿树红叶，手握忙碌的色彩，涂上一路的斑驳；岁月如烟，是忧伤情丝的滴滴浓缩，是漫漫寒冬的依偎炉苗，像伛偻蹒跚的父亲的背影，像晶莹剔透的母亲的泪花。岁月如烟，把记忆敞开，任凭许许多多的人与事，快乐与悲伤进进出出，回首曾经一路走来的细碎足迹，拾起斑驳过痕。山风卸了妆，柔情如春水；霞光逐流云，慵懒着妖媚；暮阳吻原野，羞红了大地，岁月像重翻的书签，装饰着暖暖夕阳；岁月像美丽的浪花，在院旁的小河里翻滚；岁月如曼妙的音符，在生活的线谱中跳跃。岁月如烟，蓦然惊觉，其实往事随风飘走，而岁月却真的如刀也如歌。那些千转百回的记忆，就像悠扬婉转的音乐一样，斑斑驳驳地撒在一条叫做人生的路上。

斑驳岁月，岁月如雨。岁月如雨，在雨丝中洒落。朦胧天空中的细雨，慢慢模糊视线，渐渐浸湿记忆。岁月如雨，孩提时代，浪漫天真，田间地头，梨园树下，痛哭疯笑，漫天追逐，像雨滴飘落在纵横游荡的风尘里。岁月如雨，岁月是揣在怀里的故乡，是老屋旁的小椿树，自在地吻着斜风，雨中飞舞的彩蝶，悄悄地拈走寒冬的残叶，轻轻地摇醒满池的睡莲，温柔地催开了遍山的鲜花；岁月如雨，是游子血脉亲情的流淌，是浓浓乡音的眷恋，是心中与生俱来的情结，是远走天涯的魂牵。岁月如雨，求学、工作、谋生、出嫁，兄妹们先后雨中飞离，一个接一个炒了老屋的鱿鱼。岁月指尖滑落，无情埋葬青春，读得懂风花雪月，却走不出沧海桑田。

斑驳岁月，岁月如书。岁月如书，在书海里遨游。岁月如书，翻着初春柳枝，盛夏荷叶，深秋黄菊，冷冬红梅，似信件精致地包裹着过往，信件中沾染了寂寞古道的尘埃，垄上青草的翠绿，乡间泥土的芬芳。岁月如书，带着春天美丽的情结，刻着成长斑驳的印记，飘落桌前。岁月如书，透过双眼飞进心的角落，像阳光播撒在林间的投影，摇曳生姿，如影斑驳。岁月如书，陶醉了的天像海一样湛蓝，山披着草青的绿装，篱园中的虫儿在飞舞，树梢的鸟儿在歌唱；岁月如书，催促着丰满的树枝向上伸展，像一把绿色的雨伞，慢慢地长粗长壮。岁月如书，总是不停翻开新的一页，不会因过往艰难而迟迟不敢翻起。岁月如书，书中我神交了归隐田园的陶渊明，风流倜傥的李太白，忧国忧民的范仲淹，赤胆忠心的辛弃疾，"苟利国家生死以，岂因祸福避趋之"的林则徐。岁月如书，书香诱人，更使我懂得惜书爱书。

斑驳岁月，岁月如酒。岁月如酒，在美酒里品尝。邀约知已相聚，端起惆怅酒杯，让记忆发酵，任岁月飘香，人生快事。岁月如酒，感情深一口闷，是豪爽；频碰杯开心笑，见真情。岁月如酒，可温暖寂静的心灵，擦洗青春的忧伤。酒分品酒与饮酒。两者相别，关键看量与度的把握。品不醉人，饮为醉。为国为家，珍爱生活，不虚度光阴，一如品酒。岁月如酒，品酒是一门学问，并非简单猛喝，觥筹交错，更是境界，如观一幅画，听一首歌。岁月如酒，如果你缺乏对生活的热爱与领悟，就不可能品出好坏。宋欧阳修有《醉翁亭记》"宴酣之乐，非丝非竹，射者中，奕者胜，觥筹交错，起坐而喧哗者，众宾欢也"为证。当然，品酒并非名人大家的专利，芸芸众生均可。对酒是品是饮，关乎人品。若知廉耻勤奋进，懂感恩常善行，就是品。怀揣梦想，善待岁月，你将真正享受到酒的美妙。岁月如酒，把它含在嘴里轻咽却回味悠长，方知酒的酝酿醇浓，品出了人生豪迈与意义；让岁月直奔肠胃狂饮却难知滋味，不懂酒的历久弥香，饮到的往往只是苦楚和庸俗。

斑驳岁月，岁月如茶。岁月如茶，在香茶里咀嚼，不是吗？岁月如茶，茶入壶中，热气徐徐升腾，左右缠绕，万般柔软。茶水随壶口，缓缓溢出，似时间轻轻流淌，仿佛款款流回过往。端起茶杯，将心放逐于一杯热茶中，闭上眼，静静地用心倾听，听风卷岁月的回声，在耳边呢喃盘旋，思绪如美女的裙，随风轻舞。对口轻吹，慢呶浅吸，初尝苦中带涩，但静心细品，苦尽却甘来，一如飞逝的光阴，似刀切割的斑驳岁月，让我慢慢读懂人生，一路且行且珍惜。岁月如茶，留存一抹茶香，穿过春风秋雨，凝视一树繁花唯美地绽放。人生的成败得失，你会瞬间觉得远没想象中的那样重要。这时，你不妨来个自斟自饮，慢慢与灵魂对话。茶香暖心，心随茶静。茶香瞬间湿润双眸，让生命触摸岁月真实的脉动；茶香瞬间，红尘俗事，便风轻云淡；茶香瞬间，不知不觉，人生便沉淀着幸福与感动。

荒 唐 往 事

　　高中二年级那年，漂亮潇洒的玲闯进并占据了我的整个心扉。玲坐在我的前桌，从她身上散发出异性特有的芳香味，经常熏得我飘飘然，也撩得我心慌意乱，浑身燥热。因此，每天上课我都兴奋不已。这样的折磨持续了近个把月，我终于挡不住爱神的诱惑，决定采取行动。

　　那是一次晚自习的时候，我这个课代表受政治老师的嘱托，分发政治复习资料。当我分发到玲的桌旁时，故意把一份资料重重地放在她的桌子上，并趁她不注意，又把同样一份资料快速塞进她的抽屉里。发完后，我回到自己的座位，焦急地等待着下课铃声。

　　终于盼到了下课铃声，同学们都陆续离开教室。我暗暗地注视着玲。当看着她把所有书本资料收拾好正欲起身离开教室时，我赶紧趁机大喊："是谁搞错了，多拿了一套复习资料？"同学们听我这样一喊，都纷纷翻着自己的书包。我看见玲也在认真地查找，不一会儿，玲在自己的书包中取出多出的那一份，满脸通红地交给我，这时的玲越发漂亮动人。我便抓住这难得的机会，用火辣辣的眼睛盯着她，仿佛她就是我的人了。

　　有了分发资料这一次的歪打正着，我越发胆大了起来。不怕你见笑，我那时，有个强烈的愿望就是想吻她。为了这个目的，我又一次采取了行动。玲的家住在离学校不远的县城街上，所以她没有在学校住宿，她每天在学校上完晚自习后，都会赶回家。于是，我决定寻找接近她的机会。

记得那是十月的某一天夜晚，月光有点儿惨淡，风不大，有点儿凉飕飕的。我邀请了别班的几个和我要好的同学，请假没去上晚自习，藏在了玲回家必经的小巷子里。终于，玲出现了，我那帮铁哥们儿，在我的暗示下，慢慢地向玲围去，成包抄式，没有一点儿思想准备的玲吓得几声惊叫。这时，我仿佛从天而降，左一拳右一掌地打得"无赖"们抱头鼠窜，自编自导了一场精彩的"英雄救美"的好戏，接着，我平生第一次也是最后一次吻了玲。如今，玲和我均有了各自的家。但十七岁那年的许多开心、愉悦、荒唐、滑稽的往事，以及那神圣的初吻，都已变成美丽的回忆，留给我去珍惜。

（原载《萍乡日报》，1995 年 10 月 25 日）

我的宣职，我的痛

2003 年农历五月十七日，对我来说，是一个特殊的日子，一个铭记一生的日子。因为这个日子，不但是我阴历的出生日，更是我工作十年的第一个单位宣职改制的日子。向来视工作为支柱、为乐趣、以在宣职工作为荣耀的日子，终于在这一天画上一个不太圆满的句号。"改制"两个字对别人来说有着怎样的心痛，我不知道，可是我知道我自己的心。就像人的感情一样，付出越多，分手时就会越痛苦。

改制的缘由，至今不太清楚。事情的经过大致如此：根据当地主要领导"旨意"，要求当地职业教育学校体制尝试"国有民办"，并责成政府尽快落实。说是五月底前完成实施方案的制订工作，六月基本落实到位，限令当年秋季开学后按照调整后的新体制运行。或许仓促，或许官僚，当地教育主管部门在制定改制方案过程中，并没有充分调研、广泛征求意见、周密论证，非常主观地抛出了宣职改制的意见，由一家毫无职业教育办学经验的私人公司接管。

自那年五月以来，宣职学校的老师们就没有睡过一天好觉。因为他们得知自己将被连人带校舍，打包转给一家私人公司，公有身份将改变。宣风职业中学，在 20 世纪 80 年代，因为创造了闻名全国的"人毕业，树挂果，家致富"农村职教发展模式，"宣职"在全国职业教育界都是响当当的名字。但是老师们在最近的日子里，深深地体会到的是一种无助感，他们无法把握自己的命运。这么重大的决策，没有经过教工代表大会，没有举行任何形式的听证会，没有事先征求过教师们的意见。

由于整个过程不太透明，激起了老师们的强烈反响。得到这个消息的老师们曾多次到教育主管部门反映自己的意见，但没有得到明确答复。教师派代表和当地教育主管部门负责人对话，开始达成教育主管部门负责人带队和学校的教师征求意见、重新调研的协议，并与当日下午五点三十分在学校的阶梯教室和教师对话。对话在八点半左右结束，结束后，学校的四十余名教师在阶梯教室里坐了半宿，等待答复，至次日早上六点，仍未见答复，疲倦不堪的老师们坚持回校上课，保证了教学秩序的稳定。

之后第三天的晚上，学校老师们又一整夜没有睡觉，等待负责领导的答复，整个过程中体现出来的团结、节制、有序，令人敬佩。次日是周一，一夜未寝的老师们于清晨六点离开，回到自己的岗位去早自修，去上课。他们合法、合理、合情地发出自己的声音，为尝试"国有民办"教育改革的所谓改制，作了很好的示范。此情此景，谁能忍心忽视这样一群敬业教师们的诉求？

为了维稳，当地教育主管部门派专人在学校蹲点，上级领导和学校领导分别找教师们谈话，采取了一些手段迫使老师们"同意"学校改制民办。一星期后，学校改制工作照样执行。学校原校长、书记，因有副科级级别，等待组织安排。任办公室主任的我，或是对学校情况较熟悉，与另两同事陈松圣、周志刚三人分至学校留守处。其他三十余名教师由合作方聘用，十余个年老教师内退，剩余或转或调或停薪留职。说是留守处，其实就是在学校原办公楼保留三间五平方米的小房间，一间三人办公，一间简易接待，一间存放资料。

我暂聘留守处，虽然没有别人脸上流露出的那种焦虑的神色，但内心也是备受煎熬。可怜那些没地方去只能受聘合作方的原同事，多数人并不愿意签这份合同，只是出于无奈。他们在一起吵吵嚷嚷地商量着什么，当时的整个聘任会场就像集市一样。反正学校变成"私有"的了，有门道有背景的同事走了，剩下是没路子的老师，别无选择之下，大家也都接受了。至于后来在承包学校的私有体制下上班的同事，羡慕地对我所说："你真幸运！"我不知道，何谓幸运？

当我在填写完"学校留守处"审批表，签上自己名字的时候，一种惆怅若失的心情顿时涌上心头。我不知道这是喜，还是忧；是幸运，还是无奈？总之，对于学校改制，没有经历过改制的人是不可能感受到那种心痛，可我真真切切地看到了和我一起改制的那些同事的生存状态，他们就生活在我的周围。

公办教师到了这个奔四十岁的年纪，可供选择机会越来越少，但生活还得继续。与我一样的许多同事，不得不在生活路上继续前行，在暂时的安身中，不放弃寻找适合自身的出路，暂时支撑着家庭的最低运转。

对于学校内部留守，有人不屑有人羡。在"公办"吃大锅饭，捧"铁饭碗"机制下养成的安于现状，心高气盛的老师们，突然驶入市场的海洋中，面对这突如其来的惊涛骇浪，暴风骤雨，顿时惊慌失措。优胜劣汰是市场角逐游戏的规则，物竞天择，适者生存，也向来是市场经济体制下放之皆准的真理。不能再埋首于昔日的好日子，面对人生路上又一道坎，必须摆正自己的位置，做出理智的抉择。面对挑战，只有将压力变动力，别无选择。

回顾十年，我从一个血气方刚、年少轻狂的学生娃，变为低调内敛的"老"教师。这十年，我亲眼目睹了学校从 20 世纪 90 年代的一般职业中学，到 1994 年的省级重点，再到省级中专。

本世纪初，学校步入发展的快车道，变为闻名遐迩的省级示范学校；见证了学校从落后的、设备简陋的农村职业学校，到设施设备齐全的省重点，经历了艰巨而又漫长的经验积累和曲曲折折的发展历程。改制前前后后大约折腾了一年半的时间，从最开始的不能接受，到最后的无奈，反正都接受了。现在想起来就心酸，不愿回想过去。每每想起，心中泪狂流。

改制后的日子总是过得太慢，这期间发生过许多事，经过许多的波折。但最希望看到的，还是宣职能在改制中更好。可渴望终归抵不过现实，还是朝着反方向走。改制后的宣职，在合作方的授意下，把原来学校许多好的专业设施设备弃之不用，原有学生分流至同县的一所二类学校。学校许多专业水平强的教师也转型培训，或"晾"在家中半薪待业。仓促中，学校相继开设了英语、计算机、机械制造技术、公关文秘、幼儿教育等新专业，并实行双语教学。若说天堂与地狱只隔一道门窗，那么宣职的兴衰就只隔了一份合同，一份"国有民办"的合同。

众所周知，人在成长过程中会遇到困难与挑战。学校发展同样如此，会遇到挫折与挑战。但这样的打着"改革"旗号，没有调研没有论证的随意改制，着实令我们始料不及，难以接受。

办完手续，整理好留守处办公室，准备下班。出来后，我骑着自行车，绕过办公楼、学校食堂、实训车间、学生宿舍楼，在钳工车间车棚存了车，经后山公园步行来到教室外。从窗户望去，黑板上方"团结、紧张、严肃、活泼"八个大字，格外醒目。紧接着，扑入视野的是那块犹如战争年代作战室里作战挂图的黑板，看见它，我仿佛看见了老朋友，不由想到自己在上面激情飞扬的场面：上课铃响了，教室里安静了下来，就像退了潮的海滩恢复了平静，我正用各种颜色的粉笔工整地在黑板上写着，就像是姑娘们在用绣花针绣花一样。我偶尔一回头，下面是四五十双眼睛齐刷刷地盯着讲台上的我，像极了一颗颗眨眼的星

第三辑　百味人生

105

星。这样的情景不知经历了多少次，早记不清了。

沿着教学楼经过运动场时，我被再熟悉不过的跑操的哨声所吸引，被学生们此起彼伏的笑闹声所感染，更被师生们生龙活虎的投篮抢断场面所感慨。曾经，我也和他们一样，从事同样的工作，爱好同样的生活，一同见证了寒来暑往，激情投入，满身汗渍味，倦了席地坐，汗水湿透衣。

走进昨天还写过教案的办公室，同事还是那几位同事，只是包括我一共走了五位。合作方从外地调来一名女教师，从其他办公室抽来一名男教员。工作依旧是那几项，没多也没少。桌椅井然有序地排着，桌子上布满了书本，听着老师们轻轻地探讨对话，所有这些场景都会在每天发生着。岗位往事历历在目，曾经在这里经历的点点滴滴像电影一般，在脑海里轮番放映。

面对曾经的同事，虽然因为教学分工，意见分歧而吵过架、红过脸。但十年的风风雨见证了我们的相互信任和兄弟般的情谊，让我终生难忘。

在拿完留在原办公室的日用品，与同事寒暄完后，便和他们逐一道别。同事打趣道："才哥，有空常回家看看啊！"听到他们还"才哥"长"才哥"短地亲切称呼我，一股暖流瞬间涌上心头。会的，我会回来的。

提着东西走出来，沿着人行道穿过办公楼，跨过学校食堂，来到停车棚。虽然还在留守处，同一个地方，不一样的心情！

也许是心理使然，也许是告别，还是别的缘故，总之，我推着自行车，竟然又慢慢地在原路转了一圈。一路上，走走停停，边走边看。办公楼，食堂，宿舍，实训中心，后山公园，运动场，图书馆，门卫室等，尽收眼底。这些地方都是我熟悉得不能再熟悉的地方。

"小鸟在为我们纵情歌唱，鲜花在为我们播送芳香，我们走在希望的田野上，敬爱的宣职母校，敬爱的母校，我们在您的怀里成长，尽情吸收智慧的灵光"。这时，耳边传来了我作词的校歌，多么熟悉的声音，多么熟悉的旋律啊！平时校歌听后的激情澎湃，而今竟是满满的苦涩，一如那未熟的橘子。那种酸涩，至今还留在我的印象中。

大多数宣职人还曾记得 20 世纪 90 年代末，那是学校经济效益和社会效益最好的时期，也是学校最辉煌的时期，教育教学质量稳步上升，学校信誉知名度逐年提升，方圆百里学校都眼红宣职的老师，纷纷托人，找关系调到宣职，但苦于学校的门槛太高，最后均望而却步，败兴而归。最令宣职人引以为荣的是每年金秋的校园红花香桂和后山那两百亩的橘子园，吸引周边数十里的人前来观看或现场摘买，那人山人海的场面，几十年过去了，老员工们提起来还津津乐道。一些姑娘以嫁给宣职老师为傲，宣职的女教师也是"肥水不流外人田"，以嫁给单位男同事为最佳选择。

世事变幻，斗转星移，学校也与全国其他职业中学一样，随着中职的低迷开始走下坡路。尤其是改制后的学校，有的老师外出发展了，有的辞职自谋职业。有的申请提前内退，寻求第二次创业。但不管他们今后如何，宣职仍是他们心之所属，情之所向的地方。因为这里曾是他们的家，他们在这里工作过，成长过，他们曾把最美好的青春奉献给了宣职。

对于宣职，虽谈不上刻骨铭心般的喜欢，却始终没有丝毫的肤浅刻薄与不敬。只是觉得，命运之神以不可抗拒的力量把我拴在这里，自然有它的道理。对于命运的安排，平凡如我只好接受与服从。就像放飞的风筝，尽管在天空展翅翱翔，但线头始终握在放飞者手中。

在宣职，不仅仅像我这样的当地人，把如花青春献给了宣职，而且还有宣职上一辈，上上一辈的建设者们，他们从四面八方来到这块热土，为宣职奉献了自己的毕生精力。他们一棒接一

棒，建设着宣职美好的家园。

面对离开，我有种深深的眷恋，淡淡的忧伤。这种眷恋和忧伤就如这深秋的雨，连绵不断。离开的日子，多少让人有些伤感。朝夕相处十年，这期间的酸甜苦辣，有谁能够真正体味？凝视着这片曾经的热土，它承载着我多少的欢乐与泪水。离开的日子，同样令人回味。十载的荣辱与共的日子，也曾编织了多少美好的记忆。

2005 年 8 月，我凭着自己的努力调任同县另一所高中，离开了熟悉得令我心跳的"初恋"之地。虽然当时工作也不错，宣职改制闹剧也早已时过境迁，今日的宣职，也已恢复公办十年有余，并在元气大伤后由衰转强，大胜往昔。可对于宣职的改制，我现在回想起来，依然不能完全释怀，它还是给我留下了永远的痛楚，也在我心中一直留有不能触摸的伤口。如今我把它写下来，正是为了不能忘却的伤痛。

人在职教

从事职教的老师，人人都是多面手，个个必定是杂家：纠纷调解，心理疏导，后进生转化，招生就业。实训兼实习当父母，扮兄长；做学者，是师傅。所有这些，你须样样精通，否则难以立足。任教中职，是一条求索的路，记下奋斗的曲折；任教中职，是一首苦涩的歌，唱着从业的艰辛；任教中职，是一首沉重的诗，吟诵岁月的沧桑；任教中职，是一个疲惫的梦，映出人生的无奈。人生如梦，梦圆何时，梦在何处？

长风破"梦"会有时，直挂云帆济沧海。人在职教，放下身段。三流职教四类苗，中职招生满地跑。你瞧，刚电话约好要去的人家，待再上门，家长却锁上门一溜烟地躲开。孤身伫立原地，汗水泪水齐飞。管不了家长不屑，顾不上误解羞辱，撸起袖子，擦泪继续。有时一家要跑数十里，走二家吃闭门羹，走三家冷嘲热讽。这次不行还有下次，今天不在明日再约。有的前脚联系好，后脚就翻脸，更多的时候是碰一鼻子灰。尤其是到乡下招生，前不着村后不着店，一没水喝，二没饭吃，无处落脚。一个馒头，两块饼干，路旁倚树，权当午餐。人在职教，平复心绪。收起你那可怜的自尊，放下身段，夜以继日，我们需要的是耐心。

职教应是久长时，不枉我朝朝暮暮。人在职教，不敢喊累。写不完的教案，改不完的作业，研不完的课改。面对稚嫩的脸庞，渴望的眼神，清脆的笑声，我们顾不上家中老母亲的病痛，也来不及接送正上幼儿园的孩子，我们需要的是坚韧不拔的意志。面对挑战，我们能痛饮困苦；遭遇挫折，我们敢狂喝磨难。出不完的试卷，判不完的"官司"，忙不完的谈心。人在职教，累并快乐着，只有自己才知生活是多么地充实；写不完的论文，参不完的培训，评不完的职称，人在职教，痛还苦撑着，只有自己才知身心是多么地脆弱。

衣带渐宽终不悔，为伊消得人憔悴。普通教育有高考，职业教育有大赛。作为一名职教老师，精心钻研竞赛项目，组织学生全员参与，实为本义，更是本职。反复地实验，不断地操练。人在职教，我们就要倍加努力，甘为垫石，为学子铺路，向更高的目标迈进。在这里，我们收获了双赢，不仅成就了学生，也提升了自己；在这里，我们不仅传授学子知识，掌握生存技能，自己也更懂得辛勤的价值，生命的意义。灿烂的职教舞台上，有多少青春在竞相绽放，有多少希望在此处撒播；有多少欢乐在其中传递，又有多少雏鹰从这里放飞。这是通向成功的起点，也是造就梦想的平台。

路漫漫其修远兮，吾愿做垫石为职教。人在职教，爱心当头。职教学子，信心受损，自暴自弃，多为后进。如何重拾希望，让他们相信努力，不负时光流逝，追逐梦想，出彩人生。不论是学习上的难题，还是生活中的困惑，家校联合齐发力，不厌其烦爱为先。人在职教，走不完的家访，磨不破的嘴皮。有爱心是教育学生的首要之道，对于职校老师来说尤为重要。正如某次家访，虽然学生成绩偏下，表现一般，却不在家长面前说缺点，而是一再肯定其优点，直到家长听后泪满面。原来他的儿子，我的学生，从小学三年级起，鲜有老师肯定他。在职教的世界里，我们专心致志育人，像爱自己的孩子一样爱每一个学生，用心发现他们的长处，爱心施教，助之树立自信心，找回成就感。

我心夜半犹啼血，不信你身唤不回。人在职教，忘却自己。人在职教，跑不完的企业，带不完的实训。因为不下到企业，不了解市场就当不好职校老师。在这里，你可以带领学生发挥专业专长，见证他们精心雕刻第一件属于自己的作品；在这里，你可以带领学生在车间挥汗如雨，分享他们辛苦攒下第一桶金而流下的成功泪水；在这里，你还可以带领学生通过实训展示风采，欣赏他们收获路上重拾自信那久违的笑脸。只要忘却自己，做不成太阳，我们可以做月亮，做不成月亮，我们可以做星星！人在职教，为梦而生；人在职教，幸福无比。坚信自己，虽然不伟大，但平凡的我们，一身阳光，写满自信，我们就是那最可爱的人。

自信中职二十年，会当击水三千里。人在职教，不忘使命。职教培养的是千万产业大军，是人才金字塔最稳定的基石，是祖国强盛民族复兴中国梦的重要支撑。我们始终清楚自己身上的担子，心中的责任。我们为知识常呐喊，未曾想声音在嘶哑；我们为学子画蓝图，不在乎双手已酸痛；我们为进步而喜泣，忘记了腰板难挺直；我们为成长刻憔悴，管不了鬓发添银丝；我们为梦想写疲惫，顾不上夕阳绽绚丽。

蓦然回首，那梦就在灯火阑珊处。人在职教有莫名的烦恼，难言的尴尬，太多的苦闷，无尽的焦虑。它们缘由于上级，见诸于家长，流传于社会，也来源于自己。职教人如一头勤耕的黄牛，似一匹负重的老马，步履蹒跚，不敢停滞，埋首奋进，义无反顾。人在职教，不忘初心，始终坚信，雨后总会彩虹，付出终有回报。只要我们携手共进不止步，就一定会绣出心中那抹美丽朝阳。

人在职教，问心无愧。沧桑岁月无悔，苦辣酸甜自知。

永远的母校

去年初秋，因为工作上的缘由，我回到了阔别二十多年的母校，萍乡学院。

与门卫打招呼，停好车。我拿出在家刻意找到的那本已经落满尘土的同学录，重新翻开，找出那一张张记录着单纯与青涩的老照片，耳边顿时又响起昔日的欢歌笑语，昔日的放肆和无忌。随着岁月的流逝，母校的魅力一点点露了出来，让我迷恋。今天，我又一次站在了学校的门口，门口两旁的大树，依旧是那样亲切，那样熟悉。

二十八年前，我背负父母的嘱托、家人的希望，带着憧憬，来到了这里。母校当时的校名，叫萍乡教育学院。眼前的校园，变化有点儿大，我独自漫步在林荫小道上，仔细搜寻着记忆。我在找寻着已逝去的岁月，那些属于我的过往。母校当年的生活，那些美好的时光，让我不断地走进过去，走进曾有的欢乐之中。那些与同学们一起拼搏努力，一起痛过哭过，一起笑过爱过的日子，模糊又清晰。如今变成沉甸甸的记忆，似铁锤般敲打着我的心。

跬步楼，我曾经的教室，这里是我最爱的地方。一直很庆幸我的大学生涯，是在萍乡教育学院度过的。回想三年的求学日子，在我的一生中何等重要。"厚德至善，励学笃行"的校训，诠释了母校的办学宗旨以及作为学生的奋斗目标，励志学，踏实做。母校一贯提倡教育教学自由开放，使得母校的教育成绩斐然。更重要的是，母校还特别注重学生德智体美劳全面发展，尤其看重培养学生的品德与善良修行。这里有我太多的美好回忆：晚自习后，可以在楼前空草地，自在地吹着微风，可以静静地看着天上的明月和星星。每天紧张的课业外，学校会组织许许多多健康有益的课外活动，篮球、足球、书法、卡拉 OK 赛。这里洒满了我的幸福快乐、汗水泪水，当然还有他或她。在这里，学生是自由的，快乐的。

当然，高考失意，加之当年的懵懂，生活在母校的三年里，我也曾一度抱怨。抱怨校园规模太小，抱怨风雨操场太简陋，抱怨食堂伙食太差。那时候，做梦都想尽快毕业。当时毕业看似遥遥无期，但弹指间，我居然已离开近三十年。

迎面走来几个学生，悠闲地挽着手。我在想，或许他们现在不觉得母校美丽，或许他们现在也像我从前一样有着抱怨。他们现在是感觉不到的，我相信一旦毕业，那种思念的感觉会让他们永生难忘。现在回想起来，以前我的抱怨是多么地傻，多么地幼稚。

纵观母校历史，从萍乡教育学院到萍乡高等专科学校，再到萍乡学院；从宜春到萍城，经大专到本科，从专科到综合，后又升格。沧海桑田，几多风雨；岁月风尘，几度轮回。母校就像个咿呀学语的孩童，在前进的道路上，一路摇晃蹒跚，直到步伐稳健。

难忘母校的一年四季。春天，整个校园，楼台庭阁，繁花似锦，春意盎然。蝴蝶舒展着美丽翅膀，在缠绵丝雨的空中飞舞，花儿尽情吮吸雨露，在竞相开放的花圃里，馨香满园，和着那教室里传来的琅琅书声，勾勒出一幅动人的春景图；夏日，校园披上了金色的盔甲，雄伟的建筑，茂密的树木，在蝉鸣中苏醒，在晨雾里云腾，格外迷人；秋天，湛蓝的天空，淡淡的白云，枫叶如飘火，花草吐芬芳。最是秋晚，美丽撩人，月光如银，湖水如霜，还有吟唱的虫子，柔柔的风，置身其中，怎一个惬意了得；冬季，只见四周上下，披上件件冬雪银袍，花儿凋零沉睡，青松苍翠挺拔，悠悠细风吹拂，感觉冷飕飕的。大地一片寂静，装饰着典雅沉稳，可在寂静萧瑟中，校园正孕育着来年生机勃勃的春天。母校的四季，每个季节都有它不同的气质，不同的色彩。如果母校的花草有记忆，那在它的记忆里一定储存着我的身影。母校，您永远是我梦里最美好的记忆。

我是萍乡教育学院九三届毕业生，惭愧的是，生活工作在同一个城市的我，仅在毕业第二年回过母校一次。今天，看着巨大变化发展日新月异的母校，感慨之余，那些年在母校的许多往事，历历在目：忘不了跬步楼琅琅的读书声，忘不了林荫中悠扬的琴声；忘不了运动场上，同学们大显身手，各显神通；忘不了文艺晚会上，大家竞相登台，各展才艺；更忘不了辩论赛上，同学们刀来剑往，唇枪舌战。

然而，三年读书生活最不能忘记的，是那一个个慈爱、亲切、睿智的老师们。回眸过往，多少先贤挑灯伏案，孜孜不倦；回眸过往，多少先贤呕心沥血，谆谆教诲。是不是每一个母校学子都和我一样，心中会有这么几名特别的老师，永远铭刻在记忆中？我想，应该是的。追思我的母校时光，不得不提的就是何建洋老师、文侃老师和黎敬元老师。他们都以自己独有的魅力和品行，在我人生道路上一直影响着我，留给我难忘的感动。

记忆最深的是何建洋老师。何老师之于我，恩师也。那时的我，喜欢文学，写点儿"豆腐块"。我上何老师第二堂《现代写作》课的时候，何老师就表扬了我的习作，并作了评点赏析。这对于我，真是莫大的鼓励，让我对写作有了信心，也让我在此后的人生路上温暖常伴。其间，我开始尝试着写作投稿，偶有零星短句见于校刊，何老师便鞭策我持之以恒。在何老师的鼓励下，我也有机会加入了母校组织的"青春诗社"，并在当时种下了当作家的文学梦想。而何老师，就是我梦想的引火线。2006年，我的第一本文学集《情落人间》，由中国作家出版社正式出版，时任萍乡市人民政府副市长的何建洋老师给我作了序。2007年1月，我加入了萍乡市作家协会，成了一名作家。可从那以后，羞愧得很，写作鲜有成绩。究其因，我自认为，一半懒散，一半笨拙。

文侃老师是我的班主任，人如其名，善谈善侃，满身的豪气和潇洒。加入"青春诗社"后，文老师也找过我，和我谈人生，谈文学，谈理想，并推荐了好几本文学方面的书籍给我。文老师对学生很好，大家都特别喜欢他，再加上文老师上课时很幽默，古代历史高深的枯燥科目在他的讲解下，会立马就变得浅显易懂。比如文老师在讲古文的时候，不仅从文字层面上来剖析，还多用形象的事例说明，让我们一下子跨越了时空，像走入了古代当时的情景。文老师严柔相济，对班级，事无巨细，凡事都力求做到更好。也就是受他这样的精神影响，让我毕业后对待工作一直兢兢业业。

还有不得不提的就是我的政史专业哲学老师黎敬元。黎老师知识渊博，讲课总是慢条斯理，但思路清晰。高挺的鼻梁，架着一副金丝眼镜，时不时往上一推，动作十分优雅。黎老师总是教导我们说，要走好人生的每一步，哲学是指导，踏实是基础，勤奋是关键；黎老师还有一句口头禅，时至今日，我仍能清晰记起："生活即哲学，哲学如生活。"2005年，我与他人合编的专业著作《高考政治领先一步》出版，黎老师的功劳是最大的。当然，还有那位四季西装革履、彬彬有礼的古文老师文正再，那位话音甜美不亚于播音员的普通话老师李波，那位让"永"字八法牢记我心的书法老师陈锋。每每想到他们，我都会眼际湿润。

岁月飞逝如水，瞬间指尖滑落，离开母校已有二十五个年头。在母校的三年里，良好的氛围和完善的教学设施，锻炼和塑造了我；三年里，母校的领导、老师给予了呕心沥血的教导和无微不至的关怀；三年里，母校给予我知识，教会我做人！在母校，我找到了知识的清泉，长出奋飞的双翼。我永远是母校的儿子，永远是母校的学生。是母校您赋予我前进的力量，从此勇敢地面对人生征程。

萍乡学院，我永远的母校。

感 谢 磨 难

四十五年来，我一直在一条叫做人生的路上坚定地走着。

这是一条平常的路，但不是一条平坦的路。这条路风风雨雨，颠颠簸簸，我咀着酸嚼着痛；这条路弯弯曲曲，坑坑洼洼，我扛着苦背着累。这条路，沿途风景多彩，有荆棘，有花香，有泪水，有喜悦，有雾霾，有彩虹，有失落，有高歌，有惊雷，有祥云，有迷茫，有坚强。这条路，唯独没有后悔。

行走在这条路上，起步就绝无回头。行走在这条路上，像一辆旅行的列车，乘客虽众多，目的地各异。有的同路一站离身再见，有的共处几段才分道扬镳。有的一站欢声笑语，有的几段不说一句话。行走在这条路上，我跌倒站起，我陷足拔起，但依然迈着坚定的步伐，一直向前。

夜来幽梦，我清晰地看见了，一扇门楣上镌刻有"四十六岁"四个金字的大门，门内风景如画。

至今为止，我的人生历经了许多坎坷与磨难，但风浪并不算太大：幼年吃过大锅饭，多是饥肠辘辘，照影稀粥番薯丝，一身贱骨命犹在。1993年大学毕业，因为凑不齐买断师资委培之费用，失去银行职位，随后我做了职业学校老师，在第一个单位待了整整十年，直到2003年黯然离开。1995年停薪留职，跟别人跑过煤炭生意，1996年牵手人生另一半。在此之前，我还参加了1998年轰动一时的县政府首次秘书公开招聘，笔试与面试都顺利通过，可惜领导相关会议研究时告知下次考虑。其间还顺利考取某机关干部，只可惜名额为人调包。2000年借调县委"三讲"办，过后只借未调。

成家后，三易租地。1999年，稍有积蓄正欲买房，然好景不长，妻子在萍城的国企濒临破产，后因身孕，只能辞职在家。2001年女儿上小学后，借款八万，和妻子在我单位所在乡镇开办幼儿园，并举家迁往，开始艰辛创业。2002年，我在单位走上中层，每天起早贪黑竭尽全力，眼看有望再提升半步，风云不测，2003年学校实施改制，蛰伏留守一年。2004年，入盟一年的我，积极勤奋，被推荐省社会主义学院民盟骨干班培训，同年年底，盟市委组织行文当地县委，函荐副科，恰逢主要领导调动交接，束起搁浅。2005年，调入同县山区另一所高中，因距家太远，上有年迈父母下有幼小爱女，我难以照看，妻不得不停办幼儿园，又迁回县城租房。2007年，高级职称聘任，排名靠前，遭人使绊，无情落选。同年5月，告别租客，做起"房奴"。2008年，所在高中与我原单位合并，我又回到起点。

岁月如歌，每每回首生活中自己走过的磨难足迹时，我心中感慨不已。每一个足迹，都像一盏明亮的灯，在人生的路上，温暖着我，照我前行，催我奋进。

感谢磨难，让我成长。没有童年的忍饥挨饿，怎么会知道如今丰衣足食的来之不易？也就没有从不剩饭剩菜，穿一件十五元钱的廉价衣服，仍会觉得幸福满满的我。

感谢磨难，让我努力。没有工作的艰难挑战，怎么会取得如今微薄业绩而问心无愧？也就没有多次各级先进优秀，论文专著诗词小说逾百万字的我。

感谢磨难，让我坚强。没有生活的重重压力，怎么会懂得如今平稳安逸的弥足珍贵？也就没有买房购车，还可上赡父母下供妻儿，虽非富贵尚能略有盈余的我。

感谢磨难，让我成熟。没有一路的曲折坎坷，怎么会收获如今笑看风云的淡定从容？也就没有家人下岗压不垮，生活失意困不住，事业挫折打不倒的我。

鎏金岁月，似水年华，这是艰辛跋涉的四十五年，感悟思索的四十五年，日渐厚重的四十五年。永远记住：感谢磨难，感恩生活。

第三辑　百味人生

难解的书法情缘

我的外公易洪宾写得一手好字，是一位对书法很有研究的人，特别毛笔书法在我们老家银河镇小有名气。20世纪六七十年代，谁家盖了新屋，正门总要刷上白石灰，然后再用毛笔写上一副对联，又喜庆又有书香味。这时，方圆几十公里的人家，都会请我外公去帮忙，一般管接送管饭，客气的还会封上三五元的红包。

我最初结识书法，就是童年在外公家。每每外公在家，写毛笔字时，我就在旁边看着，受他的耳濡目染，我对毛笔字也产生了浓厚的兴趣。那个时候，我习字主要是模仿外公，在一些旧报纸上涂鸦。

由于比其他同学更早一步接触毛笔字，在小学三年级，我们那时有书法课，我的第一次书法作业，就得了一百分！老师还当着全班同学的面，高高地拿着我的写字本，大声赞许。也许小孩子天生好听表扬，反正从那以后，我喜爱上了书法。当然，小学时候我的字，只是比别人工整，但就在那一刻，我与书法的情缘种子已埋下。

真正被书法深深吸引并陶醉，是在我上高中时。那时我喜欢早早到校，一到学校我就拿着一本书，在校园里找个僻静的地方背诵。我常去的地方不远处是学校老师的宿舍，那里住着一个酷爱书法且造诣颇深的老师。记得有一天早晨，幽幽的墨香，从老师的窗子飘出来，弥漫在洁净的校园里，让我顿时觉得神清气爽。以后的日子，即使不去读书，我也要每天去那里转上一圈，不为别的，只为去闻闻那始终流淌在我心里的幽幽的墨香。

老师房屋的墨香，深深吸引着我。日子久了，我不再满足只闻闻墨香，我向往着自己写出一手称得上是书法的好字，自己能写得像我们学校老师那样好看的字。终于，一天清晨，鼓足勇气的我，敲开了老师的门。从此，我比较系统地跟着老师练了两年。可惜，高中课业太重，一天只能练习半小时，还有些断断续续。在老师的详细讲解下，我知道了书法的发展和演变，认识了中国书法历史上那些熠熠生辉的大家，王羲之、欧阳询、颜真卿、柳公权、赵孟頫、褚遂良等等，在老师耐心指导下，我写毛笔字的水平有较大提升，勉强称得上是书法了。

后来，在我大学期间，正好班里有一个酷爱书法的同学，虽然不如我中学老师写得好，但他也能写工整的楷书，很让我仰慕。真是机缘啊，我总算遇到了知音。在大学里，课业轻松多了，可自由支配的时间非常充足。那些年，我与同学一起练习、一起交流、一起总结、一起提高。记得大二时，我和同学都参加学校的书法比赛，我交了四幅作品，有一个获得一等奖，两个获得二等奖，还有一个获得三等奖。由此，我还当选了那一届的学校书法协会主席，任职两年。

毕业时，同学送我一本王羲之的《兰亭序》摹本，还在上面题了名，写了赠言，大体意思是希望我们之间的友谊长存，坚持书法爱好，彼此珍重。对此我十分爱惜，后来我上班时带到单位办公室，放假后又带回家，基本上与它形影不离，一有空就拿出来看看练练。由于写得一手较漂亮的字，在学校，我几乎包揽了通告、宣传标语的书写任务，引得老师和学生敬佩不已。刚开始

工作的头几年，兴致很浓，渐渐地，工作生活的琐细烦恼，加上自己的懒惰与松懈，我便与书法渐渐疏远起来，有时兴起，也三分钟热血胡乱写写，有时甚至一两个月都不会去提笔。长时间忽冷忽热或不写不练，书法也从我的生活中渐行渐远，同学送的那本书法摹本，最终也不知了去向。至今想起，甚为愧疚。

我重新练起书法，还得从2011年说起。那年学校组织申报第三批国家中职示范校，要出版一批校本教材，我有幸被提名担任《硬笔书法教程》的教材主编。为了提高自己的书法水平，我开始苦练，上班时就利用早中晚的空余时间练习，双休日时，我整天都泡在家里书房练，手酸了痛了，也不停歇。我暗下决心，重走正规路子，从隶书、楷书最基础练起，毛笔和硬笔双管齐下。我还从网上查找一些名家的书法教学视频，再三揣摩教学心得，反复研习各种技巧，不厌其烦地坚持日日苦练。功夫不负有心人，我的书法水平，终于又慢慢恢复且有了很大提高。也就在这一年，我在全县职工书法比赛中，荣获了二等奖，在展览时获得了观众的好评。书法的热情之火又被点燃了，这几年来，我先后购买书法方面的书籍有三十来本，每本我都认真研习和临摹过。2015年1月，自己主编的《硬笔书法教程》，由北京的旅游教育出版社正式出版。从这年始至今，我担任学校三个班的书法课教学，成了一位名副其实的业余书法专业教师！

当然，我对书法的爱好，只能算是一种业余式的喜欢，多以面对工作与生活中的实用为目的，如教学中，传授书法知识与技能；如书写宣传标语、拟写通告、书写民俗生活中的红白喜事对联等。我也曾经梦想，自己有朝一日能成为一名书法家，可自知天赋有限，加之一直缺乏恒心和毅力，美梦终难成真。

但这并没有影响我对于书法的追求与传帮带，在书法这条路上痛并快乐着。

劳动最美，温暖菲菲

二十五年来，他始终坚守在一线工作岗位，刻苦钻研，勤奋进取，为了摸清单位生产线的生产炉况，连续七天吃住在炉台；为了减低生产成本，通过调整原料结构与配比等技术手段，为单位每年创效达千万元，他在平凡的岗位上做出不平凡的业绩，诠释一个普通劳动者的生命价值：劳动最美，劳动创造美。

——题记

乍一听说，温菲获得了 2015 年的全国劳动模范，我吓了一大跳，继而又笑了：他能行的。

温菲，人如其名，温文尔雅，个子不高，皮肤白净，眼睛大而精神，透着一股韧劲。他和我同在一个村子长大，属于发小，两家也相距不远，几百米而已。我们都是 1972 年生，他的生日在八月，我在五月，比他大三月。小时候，我们俩一起放牛，玩耍，很要好。

温菲共有五姊妹，他最小。父亲是一位教师，母亲没有工作，是一位吃苦肯干的农村妇女。一家七口人，仅靠父亲微薄的工资，家境也十分贫寒。为了贴补家用，他父亲在工作之余，总是和母亲一道，扎进农事里，像农民一样热爱劳动，耕田种地，养猪养鸡。耳濡目染，受勤劳父母的影响，温菲自小也特别热爱劳动。

温菲在四五岁的时候，就开始帮父母做些力所能及的事，为生产队放牛，为家扯猪草，挑水浇菜等。农忙季节，抑或寒暑假、星期天，他便整日在田地和菜园里，跟着父母劳动。温菲常常谦虚并深情地说："我应该感谢父母，他们教给了我爱劳动的习惯。这个习惯，我一直保留至今，为我克服几十年来，在工作与生活中遇到的各种困难，提供了无穷的斗志和勇气。也正是这个习惯，使我取得了一些成绩。"

在校读书期间，温菲爱劳动，爱钻研，更爱学习。在宣风镇中学，温菲一直担任班里的劳动委员，多次荣获"优秀班干部"称号。初三毕业时，成绩优秀，面临升高中或技校的抉择。因为哥哥正在读高中，为了减轻家庭负担，也为了早日实现他自小的"劳动"梦想，他毅然报考了技工学校。三年后，萍钢技校毕业的他，一头扎进萍钢炼铁厂，从普通的喷煤工做起，一干就是整整二十五年，始终没有离开一线工作岗位。有时为了摸清生产线上的生产炉况，连续七天吃住在炉台；有时夜班遇到了技术难题，公司派人到家请他去解决，温菲不说二话，披起工作服就往岗位上奔，总是随叫随到，不解决问题不收兵，甚至通宵达旦。为此，工人们送了他个外号——"拼命三郎"。

由于肯吃苦、善钻研、人缘好、技术精，温菲很快就成长为公司名副其实的生产骨干，并担任生产成本技术科科长。舞台更大了，当"官"了，可温菲每每安排好管理工作，总是又回到自己最喜欢的生产一线，默默地继续钻研着他的老本行，用他的实际行动，引领并温暖着一线工人。

为了增强公司产品的竞争力，好学的温菲进修了本科，学识提升了，技术经验更丰富了，这时他决定向管理，向技术革新要效益。通过钻研，他采用调整原料结构与配比等技术手段，大幅度减低了生产成本。换言之，他的创新，为单位每年创造效益达千万元。温菲在平凡的岗位上做出了不平凡的业绩，诠释了一个普通劳动者的生命价值：劳动最美，劳动创造美。

温菲和我在一起的时候，总是讲他的父母，一脸的感恩与崇敬，他说父亲教书三十几年如一日，爱岗敬业，不辞辛苦，常常备教案或批改作业至深夜；母亲每日天刚蒙蒙亮，就浇园锄地做饭，晚上还要剁猪草洗衣缝补，吃了好多好多的苦，父母凭勤劳的双手，为我们创造了美好温馨的家。我静静地听着他的叙述，心里在说：你也会这样的，还会更好。

一分耕耘，一分收获。2005 年，温菲被评为"江西省劳动模范"，之后又多次获得市级和公司荣誉；2015 年 4 月 28 日，北京人民大会堂，隆重举行庆祝"五一"国际劳动节暨表彰全国劳动模范和先进工作者大会。温菲，就站在受表彰的劳动者之中。

写完这些，我的脑海里就浮现出去年春节回芦溪家乡时，那个留着短发，穿着工作服的温菲。我仿佛又看到，坚韧的他那儒雅白净的面庞上绽放的迷人笑容。

后记：2018 年 2 月，温菲当选为第十三届全国人大代表。同年 3 月，赴北京参加了第十三届全国人大代表大会第一次会议。

招生三日记

一

2017 年 6 月 13 日　星期二　晴转小雨

　　6 月 13 日，高考结束不到一周。一大早，学校二十二个组的招生车辆，带上早已准备好的招生宣传资料，浩浩荡荡载着各片招生老师四散开去，驶往全县二十二所初中学校。一年一度的招生大战又开始了，我和林等其他五位同事，今年还是分在县城二中。一是二中周围的一个村邻近我的老家，人熟悉；二是有四年二中招生的经验；三是与同事配合得好，默契。

　　刚到校门口，人山人海，车辆遍地。内行一瞧便知，毫无疑问，都是为招生而来。看来要抓紧了，因为有人已经做完"功课"，正从二中走了出来。中职招生，年年轮回，年年如此。其实，每年四月，中职招生大战就已经"暗流涌动"。今天，今年的招生终于正式走上台面。

　　为了打好打赢招生硬仗，中职招生第一是要"抢"，先得跟时间"抢"，"下手"越早越"好"。学校铁门紧闭，保安如临大敌。一个操外地口音的青年，贴着门卫小窗玻璃，正与门卫老汉说着好话。一阵交涉后，青年满脸无奈而去。我拿起电话，赶紧联系学校领导。只等片刻，门卫冲我们一挥手，我和五位同事鱼贯而入，背后引来一片羡慕与议论声。作为本地职高，学校在教育局的"地方保护"之列。

因是老交情，与校领导简单寒暄几句，直奔主题。一行六人，正好十二个班，每人两个教室。进教室宣讲，与学生良好"互动"，很有学问。开始几次，我们重点推介学校的管理、环境、专业、就业等特色，学生听的多问的少，效果不太理想。经验告诉我们，还必须与外地学校相比较，作为宣传的关键。这就是第二"抢"，与外地学校"抢"。

敢到当地"挖掘"生源的外地职校，实力不容小视，一般规模较大，民办学校居多。外地学校有它的明显优势，大多都在繁华的城市，这对学生的诱惑力不小。他们招生老师反复给学生"洗脑"：又是好男儿志在四方，这个年龄正应该开阔眼界；又是他们是文明城市与旅游城市，那里经济发达机会多多，规模宏大又设施齐全，将来想发展吗？去他们学校实地看看便知！针对他们的"环境"术，我们打出"感情"牌。统一口径说：外地学校也敢去？人生地不熟，有点儿事谁帮你？收费还那么高，家里还有兄妹在上学，两份学费生活费，家里负担太重，就家里种地这点儿收入能扛得起吗？哪如我们学校，不但费用低，还知根知底的，都是老乡，入了学不管啥事老师都可以帮你，就业的时候老师给熟人招呼联系好，给你找个好单位，有保障啊，来我们学校吧！

一节课的激情四射，舌战"群雄"，口干舌燥。不敢耽搁，朝下一个教室走去。完毕，六位老师一碰头，效果可以，初战告捷。最后，又是简短地寒暄告别，拖着疲惫的身子，飞驰回赶。到自己学校时，已过中午十二点。匆匆扒口饭，顾不上休息，掏出教案与备课本，准备下午第一节课。

二

2017 年 6 月 23 日　星期五　晴

对于中职招生来说，进班宣讲只是第一小步。接下来访千家万户，走村串门才是考验。每年中考结束，几多欢喜几多愁，喜的是那些在中考中取得好成绩的学生和他们的父母，愁的是那些升重点高中无望的学生和他们的家长，当然有人愁就有人为你解忧，为这些学生和家长解忧的途径当中，职业高中是首推。中考结束意味着各职业学校没有硝烟的招生之战即将打响。

昨天，学校决定专门为老师招生放假一天。我和上次五位同事原班人马，早一天就分好工，约好时间地点。县城二中的生源，大都分布在周围的七个村和六个街道居委会，我们六人分成三组，两人一组，一组两个村两居委会。作为带队组长，我和一位姓林的同事这组多分了一个村。

中职招生要跟家长"抢"，这是第三"抢"。竞争对手实在太多了，坐等上门肯定是不行的。还好，今天天气晴朗，凌晨骑着摩托车出发，我们清早就进村了，拿着名单按图索骥，在家长下地劳动之前就"堵住"做工作。电话联系其他两组，也已出发到位。八点之后，家长们大都去干活儿了，我俩自带干粮和矿泉水，简单用餐，找一空地休息。说是休息，也是忙个不停。拿出专用笔记本，记好刚家访对象的基本信息，标出下几个家访对象的路线；询问其他两组招生情况，了解第一手资料。十一点半左右，我俩又跟着家长的脚步进屋，开门见山地解说。一看时间，快到中午十二点了，起身告辞。碰到家长热情的，会再三挽留吃饭，也有家长冷漠的，绝口不提。我们不会在学生家里用餐的，一是不熟，二是不愿麻烦，三是有纪律要求。

午餐又如法炮制，休息至一点半，开始走下一家。顶着烈日，敲门陪笑，午睡的家长打着哈欠听我们"介绍"。不过十分钟，由于困乏，家长显露有些不耐烦，我俩交换了一下眼神，见好就收，尽量避免尴尬。记得有一次招生，也是中午，我多介绍了几句，不料刚午睡后的家长发飙，把通知书撕碎扔到地上，我当时尴尬至极。不停地打听，不停地解说，终于在傍晚夕阳快落山的时候，走完了该村最后一家。这时，天上星星出现了。大概汗馊味较浓，村野蚊子又多，身上奇痒，肚皮也快贴着后背了，我们满身疲乏，好长一段时间，我俩都不说话。返回摩托车旁，在车座上摊开笔记本，加上中途了解到的另外两组情况，盘点着一天的效果，暗暗计算有几个可能"成"，哪几个下次还可再争取。然后，直通校长电话，汇报今天的战果。回到县城，已经超过九点半，估计家里早吃过晚饭。在路旁一夜宵摊，吃了一份炒粉。回到家时，家人已睡。

中职招生如同舞台上的一场大戏，各种人物角色粉墨登场，各种"人生"场景纷纷上演，每年准时开锣，周而复始。只可惜，这场大戏带给我们中职老师的不是愉悦，只有苦和累。

三
2017 年 6 月 30 日 星期五 大雨

每年中考，基本上都会在七月一号左右出成绩。赶在出成绩的前一天再去家访，至关重要。否则，生源极有可能被其他学校抢走。如果这样，我们前面做的工作毫无意义。在我们这些农村职业高中，年年春秋两季，年年都在为此进行生源大战，这场大战，从年头就开始，几乎到年末才结束。这中间年年都会上演许许多多动人的故事。

还是原班人马，还是贴身战术。只不过这次，由第一次的广撒网"捞鱼"，改为精准人头"对接"。筛选出学生和家长信息，那些完全做不通的"客户"，打打电话；那些摇摆不定还犹豫的，必须再次上门对接；那些第一次就露出有意向的，重点谈话，各个击破。

今天招生，又在大清早出发，可惜这次天空不作美，下着大雨。我和同事刚到村口，就淋了个落汤鸡。好在是第二次，路熟，一家接一家地拜访，效率倒比第一次高了些。下雨对于我们招生老师来说，即好又不利。说它好是因为下雨天，家长大部分在家，节约时间不用苦等；说它不利，是下雨天路滑不好走，更不利的是，自己往往全身弄个半湿，甚至感冒得病。咳，没有办法！谁叫你是职校老师？

刚开始，家访还特别顺，连续几家都希望较大，我和同事高兴得忘记了下雨的烦恼。然而，当我俩走到一户姓刘的学生家时，遇到了难题。据刘姓家长说，他孩子目前已收到三十多份录取通知书。家长不明白孰真孰假，不知道怎么选择。他还说，孩子初中毕业了，本该松一口气了，可孩子接到一大堆花花绿绿的简介简章，都自称不是国家重点，就是省级重点，校校楼宇挺拔又师资优秀，个个高薪热门还前途无量。其邻居知道后，半打趣半嘲讽地对他说：你家的孩子考了二百多分还真成了皇帝的女儿呀！

好不容易做完解释工作，从刘姓学生家里出来，前往下一个目标家，又遇到了今天最尴尬的事。在同一个学生家，同县另一所二类普通高中的、与我曾是高中同学的甘老师刚做完工作，起身准备离开，我们不期而遇。因为各为其主，我们互相只勉强一笑，竟然装作不认识没打招呼。这位甘老师对学生进行了政策攻心、优惠条件、生活关怀、学校环境等等之类的推介之后，本来上次被我们说动心的学生，又犹豫起来。据学生讲，甘老师还拿他所在学校与我的学校对比，进行了狂轰滥炸地宣传，列举了他所在学校比我们学校更好的几十个理由。

学生和家长面对各种中职学校的宣传，多了选择的余地，本是好事，可各种中职学校的良莠不齐与鱼龙混杂，迷惑了他们的双眼。家长和学生们往往心神不定，拿不定注意。犹豫不决的学生，常常会遇上来回好几个回合的对抗。作为职业学校的老师，年年招生，当然也遇到过招生期间，与竞争者相互不对眼的时候，相互轻视，甚至诋毁。中职教师真的是很无奈，无从说起。

天黑时分，我们终于完成了第二次家访，踏上了回家的路。这个假期，我们才开始，还有第三次、第四次，甚至更多，直至开学。我今天又骑了一天的摩托车，筋疲力尽，浑身上下不舒服、不自在，腰痛、腿酸、虚热发汗、不想吃饭，可能要去吃点儿药才会罢休了。

第四辑　闲言心语

在风雨中奔跑，去面对所有磨难；

在阳光下灿烂，泪水中坚持成长。

在拼搏中展望，用成功犒劳坚守；

在最美的年华，不负最美的自己。

桥

我又走上了那座桥。

桥，跨水而卧。我倚着桥栏杆，默默地望着桥下的流水。初春傍晚的桥边，杨柳低垂，微风轻送，乍暖还寒。桥下，河道很宽，许多石块凸出水面，挺立在那儿，带着一种倔强的神态。河水从岩石上流过，激起了无数小小的泡沫和旋涡。朦胧的月光洒在河面上，闪着零星光点，那临高而下呼啸奔腾的水声，像一支粗犷的凯歌。

那流水，那泡沫，那岩石，那高耸的石头和那旋涡，都令我沉迷。我抚摸着粗糙不平的栏杆，深深地呼吸着春的气息。转回头来，风把我的头发吹得凌乱，我理了理头发，呆呆地望着那桥上车轮滚过留下的痕迹和偶尔过往的行人。

站在桥上已好一会儿了，我等待的人还没出现。看看手表，才知道我来得有些早。

这桥，是我和容初识的地方，也是后来我们常约会的地方。这桥，是我和容在一起的小秘密，它见证了我和容在一起的许多美好记忆。每每我来到桥上，在等待的时候，就看看流水的神态，听听流水的声音，即使一个人等待也不会孤单寂寞。我慢慢向桥的那一边走去，走过了一根一根的桥栏的柱子，终于还是走到了最后一根桥柱，我停了下来，然后，又机械地转过身，慢慢地往回走。到了桥端，又倚着桥栏，我反常地沉思着，目光又投入到了桥下，我看见了桥下自己孤独的影子，我真的孤寂吗？不，你不孤独，也不寂寞，你有桥，有爱你的西，有容，还有身边的同事，更有疼爱你的亲人和远方思念你的朋友。可我并不快乐，不是吗？不，你也是快乐的，也是幸福的，只是你太多愁善感了。在心里，我那样地追问，却又这样地回答。我深吸了一口气，又习惯性地对着自己微笑。

望了望桥的那一端，真希望容能早些来。我幽幽地一叹，忽然，容曾说过的话，在我耳边萦绕着。一次，也是在这座桥上，她微笑着打趣说：我们相会的桥，真像断桥，若真有那么一天，我们约定，任何一方都必须给对方最后一个拥抱，算是为我们的美好爱情画上一个句号，地点就在这桥上，好吗？不，又不是许仙与白娘子相会的那座桥，他们的桥才叫断桥呢！我毫不思索地打断了容的话。

是呀，这怎么像断桥呢？一个多么浪漫而又荒谬的玩笑！容和我相恋四年，光阴荏苒，往昔在一起的点点滴滴，仍旧历历在目。曾经，我和容有许多的憧憬。就像这桥的两端一样，被桥所沟通的，是梦想；被桥所隔断的，是现实。如今，我明天就要成为西的新郎。不过，我和西，从没来过这座桥，希望时光不再是一座桥，让我们被桥所隔断。

或许是现在的烦琐而忙碌的工作与生活，代替了我对容的依恋，分手后，桥是我对容永恒的思念。我向桥的那一端望去，隐约中，我看见了那熟悉的身影，是容！她正努力地一路小跑，向桥的这一端奔来。她苦涩地笑了笑，气喘吁吁地，带着深深的歉意说：等了好久了吧？我也无奈地微笑着，答道：不，没有多久。朦胧的月色下，此时此刻，我看见桥下有双影子，在轻轻地靠拢、并立，然后再慢慢地分开，分开。

桥，那么坚固，怎么看都不像会断的样子啊！

给离婚书退稿

因为我在工作之余喜欢写点儿东西，很少有时间去做家务，家里众多琐事几乎是妻子一个人包了，虽说我心中很愧疚，但实在舍不得书本。一天两天还可以，每天如此，再贤惠的妻子也难免会埋怨生摩擦。

有一次，我正埋头构思一篇小说，妻子又埋怨唠叨开了。我照样以冷脸相对，妻子终于脾气大发，并立马递过一张离婚协议书，要我签字。

当时双方都在气头上，哪怕是错说一句话，甚至一个过激的念头，都有可能导致夫妻反目，遗憾终生。尽管我的脾气急躁，但关键时刻还是冷静了下来。盯着妻子递过来的离婚书，我突然灵机一动，顺手从桌子上拿起一张刚刚收到的退稿信件，然后按照退稿信的格式，在离婚协议书上奋笔疾书：

亲爱的，您的来稿收到，经研究不拟采用，现奉还。非常感谢您的关心和支持，还望见谅。疼爱您的丈夫。

妻子看后，火气大消，终于雨过天晴。经过此事件后，我意识到了自身的许多不足，如今已能主动帮妻子做些家务了。而更重要的是我意识到：幽默是夫妻关系的良好润滑剂。

（原载《萍乡日报》，1999年8月2日）

死　结

　　路上格外寂静，谁都不说话，我跟着豪爬山。雾气弥漫，寒风习习。我的心却像火炉上正烧着的开水。因为，豪回来了。三年前，豪背着简单的行囊告别了老家，从此踏上了远走他乡的打工之路。村口的我，惆怅地凝望着他的身影，越来越远，越来越小，直到消失在路的尽头。

　　在豪离开的日子里，我总在期盼，他何时归来？三个月？半年？抑或，一年两年？不知道。我只有把思念与祝福，写在博客里，用文字去轻轻呼唤。当满身疲惫，依然笑容可掬的豪，突然站在我的面前时，我惊愕良久，揉了揉眼睛，始终难以相信眼前的一切。

　　为啥突然回来了？想家啦？钱挣够了？还是厌倦了在外孤独的苦涩漂泊？不知道，也不能问。因为，他是豪。

　　山越来越陡，脚下的路越来越窄。爬得好累好累，真想停下来歇一歇。可前面的豪，丝毫没有停下的意思，还在赌气似的，艰难地扒着挡路的树枝，好像要开凿一条宽阔的人生前行之路，步子虽有些迟缓，但异常坚定。

　　"哎哟"，前面的豪忽然轻轻哼了一声。他那揪拉着茅草的手，被划开了一道几厘米长的口子，鲜血顺着茅草叶片滴流。我快步跨上前，用责备的眼神望着豪，赶紧从裤袋里掏出卫生纸，为他擦拭。怎么快四十的人啦，还不会照顾好自己！常常这么不小心，弄得受伤的总是自己！豪，在你流逝的人生岁月里，在你那孤寂的心尖上，究竟有多少被划开的口子？究竟流过多少血？我知道，你从小家里贫苦，三十多岁了，一直没有姑娘看得上你，好不容易遇到了一个同意与你交往的她，可她父母因为你穷、拿不出六万元彩礼而一直拖着，不肯答应你，你无奈出走也是缘于此。呆望着你用嘴慢慢舔干伤口，我鼻子一酸，不争气的泪水涌了出来。

终于，攀上了山顶。这时，雾散云开，清香阵阵。懒慵慵的冬阳，温暖着疲惫的身子；急促的山风，吹着因爬山微湿的汗衫，凉爽惬意。豪和我谁也不说一句话，找了一块空地，并排坐着，时而互相对视着，会心浅笑；时而眺望着远方，微微皱眉。

"你知道我这次为了什么回来吗？"还是豪，先开了口，打破了久久的沉默。"这，可是我最关心最想知道的。"我答道。

"那我把这次回来，在县城街上看到的事说给你听吧！"豪深邃的眼光，没有对着我，而是默默地注视着前方，幽幽地说。

"那天清晨，人流不多，冷冷清清，正当我漫无目的独自逛街时，临街的一家婚纱店里，突然爆出了一阵欢笑声。原来，一对情侣正在拍新婚照，一旁围满了人，应该是他们的亲朋好友吧。我被这样的气氛感染了，内心默默地念叨。那时，我强烈的感觉是，我要回家！"豪的眼光，从前方移了回来，眼睛闪烁亮光。是伤感？是激动？我可不去深究这些，我的内心兴奋不已。我高兴地跳了起来，真是太好了，豪不走了！我想，我俩又可像从前那样，常常泡在一起，无所顾忌地谈笑风生。

"今晚，我又要走了。"豪缓缓地舒了一口气，说道。

"啊？为什么？"毫无思想准备的我，怔立原地，刚刚温暖的心，突然冰冷。四周，死一般地寂静。许久，许久，豪长长地叹了一口气，说道："她，结婚了。"

山风刮得更急了。

珍　重　健　康

　　有一句话说得好：人对于自己已经拥有的东西，往往不会爱惜，而一旦失去，才会倍感它的珍贵。又说，人总是缺什么，就想什么。我对于自己健康情况的认识和感受，便是如此。

　　我生在 20 世纪 70 年代初期，尽管那时候的生活水平、营养状况很差，但我的身体却很好，几乎从不得病；读书时代我又特别爱体育，喜运动，所以身体特棒，不是我吹牛，我在参加工作以前，根本不知打针吃药是啥滋味。也许是那时身体特健康，所以我从没把身体的健康当作一码事，以至于在与朋友闲聊时，我总是开玩笑地说，假如每个人都像我，世界上的医生都得失业，医院也全得关闭！

　　可毕竟人无千年好，花无百日红。1993 年 7 月，我结束了学生生涯走上了工作岗位。上班的第一天中午，在单位欢迎我们三位新同事的午宴上，我喝了个烂醉如泥。那次，我自恃身体棒，一口气喝了一斤多白酒，致使酒精中毒。要不是同事及时把我送到医院，我差点儿去见了阎王爷。在医院住院的三天里，挂吊针、做胃镜真可谓受尽了折磨，最后，危险是解除了，可由此患上了慢性胃病。此后的半年多，我几乎天天与胃药相伴，胃必治、三九胃泰、胃苏颗粒、三株口服液我吃了个遍。最后，感谢苍天，胃病终于痊愈了。

这件事已经过去五年多了，却令我终生难忘，也不敢忘。因为，它使我在短短的三天住院的日子里，思考了许多，成长了许多，也使我真正理解了度日如年的深刻含义和健康的重要！我将永远珍重健康。

那次住院的三天，是我第一次住院，也希望是我此生最后一次住院！

（原载《萍乡日报》，1999 年 11 月 23 日）

昨晚，小偷光顾了我的家

早晨六点半，我正准备去教室上早自习，刚到二楼，手机响了。接通，是妻子在家中打过来的。

"老公，老公，不得了啦，家里来了贼！"电话那头，妻子大声嚷叫，一如她一贯的火急火燎。

我家住在县城的一个小区，一周前，我们才乔迁新居，没想到，住了还不到十天，家里就遭遇了小偷。

"你和妈，还有雅儿，人都没事吧？"听说家里来了贼，我心中也是大惊，但为了不影响到妻子的情绪，也不想让旁人知道，我平缓了一口呼吸，轻轻地问道。

"我刚起来，人没事，只见客厅窗户的防盗窗，被撬开一个口子，其他还没来得及查看。"妻子答道。

"不要急，也别怕，你先看看，家里有没有丢什么东西。"见人没事，踏实了许多，我在电话里，安慰着妻子说。

挂了电话，我心里分析着，这肯定是个熟贼。一是，他知道，目前我家所在小区，刚刚建完一期工程，交房不久，搬进去住的人家没几户；二是，断定我昨夜在学校上课，男主人不在家；三是，了解我家刚办了喜宴，以为家里存有现金。

可惜这个贼，情况掌握了不少，智商却是一般得很。他也不想想，我一个穷教书的，又没当官，买房子的首付，都靠牙缝里抠挤，外加长达十五年的按揭，这样的房主会有钱？会有现金放在家里闲置？真是一个笨贼！

过了一两支烟的工夫，妻子又来了电话。

"老公，家里我都仔细查看了一遍，除客厅那个锯开的口子，好像没发现什么异常。"妻子急急地说道，但明显已没了刚才的那般紧张。

"哦，知道了，赶紧洗漱，还要上班呢，别迟到！"我在电话里，淡淡地回道。

"老公，你怎么一点儿都不担心或害怕？"妻子接着问。

"你又不是不知道，咱家有什么值钱的东西可偷？"刚想挂断电话，电话里又传来妻子咋咋呼呼的声音："老公，你的剃须刀，不见了！"

其实，这时，我的心才真正悬放下来。因为，我曾听人讲过，说盗亦有道，贼每次偷东西，不能空手！如实在没东西可拿，窃贼往往会搞些破坏，砸坏电视抑或冰箱等。这样，失主的损失，往往比被偷三四百元现金，还更惨重。

心情轻松和好转了许多，我忽然想对妻子，"幽它一默"："剃须刀可以再买，你人没被偷吧？"

电话那头的妻子，笑骂："这么大年纪了，还老不正经！"

哭 之 随 想

人是哭着来到这个世界上的。

初临世界，顾不上睁眼，来不及认人，婴儿便会使用人与生俱来的世界通用语言——哭。无论是饿了，困了，还是不舒服了，统统用哭声来宣告。在大人们一时无法意会时，便会哭得更嘹亮与卖力，更无忌与伤心。直哭到一发不可收拾，哭得大人们心慌意乱，手忙脚乱，直到大家上下内外收拾妥当满意为止。

哭，是人类自我满足的工具。经过婴儿时期的强化训练，再加上幼儿时期的不断巩固与提高，哭成了一种表达意愿，满足要求和达到目的的代名词，随用随取，屡试不爽。要什么东西，不给，哭；要去什么地方，不让，哭；直哭得天翻地覆，地动山摇，捶胸顿足，气若游丝。哭得爸妈爷奶都像被掏了心肝似的，左一声"宝宝"，右一声"乖乖"，什么都答应了。于是，宝宝心中窃喜，深切懂得了"哭"这一杀手锏的妙处。

随着年龄增长，哭的率真纯度有所下降。襁褓中孩童的哭闹，手舞足蹈，粉脸涨红，百分百纯真，叫人怜爱；孩童一两岁，哭是依恋，你一离开，他觉委屈，瘪嘴浅哭，你一返身，乌云转晴，转泣为笑；再往后，孩子到了三四岁，有了简单思维，哭的目的性明显了许多。为了某种要求，张嘴就哭，利用娇憨，骗取你的同情，设法来满足他的需要。这时，孩子往往学会了思考，有了简单判断，知道爱他之人的行为方向。再后来，青春年少，善感忧伤，汹涌多情，固执认真，泪眼如箭，扎进人心。但这时的哭，掺着更多的个人色彩，往往被无限放大，"为赋新词强说愁"是也。

哭的表象丰富，境界有高有低。有的实意真哭，有的干瘪假哭；有的声震于耳，嗷嗷大哭，有的默默流泪，悄然无声；有的逢场作戏，有的作秀煽情。有的为自己的一时委屈和失意，有的为民为国的冷暖与前途。孟姜女哭丈夫，悲伤欲绝，是真哭；孟宗的哭竹生笋，那是至孝痛哭；项羽的霸王别姬，那是英雄末路的悲壮苦泪；挥泪斩马谡，无奈中多少有些干瘪；诸葛亮吊孝周瑜，英雄相惜里，更多的是作秀煽情；"感时花溅泪，恨别鸟惊心"，杜甫的爱国痛哭，拳拳之心，可昭日月。黛玉葬花也哭，多愁善感下的心灵脆弱；温家宝总理，视察灾区而流泪，那是家国情怀，心怀人民疾苦的悲天悯人。

哭的种类繁多，缘由各异，但不管哪种哭，都是人类宣泄情感的一种方式。眼泪是我们作为人情感健全、情商正常的标志。现代心理学研究表明，适度的哭，能让人放松身心，舒缓压力，是一种合情合理，释放负面情绪的方法与渠道。甚至说，哭之泪还是天然的润滑剂，有利于人眼的健康。由此可知，哭并非是一件见不得人之事，但凡遭遇喜悲哀乐，都是可放心哭一场的。

婴儿哭可亲，小孩哭可爱。倘若成人也动不动就哭，无论男女，那便是丑态甚至病态了。随着岁月流逝，年龄增长，哭使用的频率，便大大降低了。可并不是说，成人就会拒绝哭。只不过，成人的哭，被赋予更多的内涵罢了。女人哭泣，似乎天经地义，而且还颇能博得旁人的痛惜与怜爱。孟姜女哭倒长城，若果真如此，长城固然可惜，孟姜女却更值得同情；窦娥之哭，则已穿越时空，令世人千百年来为之倾倒。而男人却是流血不流泪，即使有泪也往肚里吞。但"男人有泪不轻弹，只是未到伤心处"。白居易的《琵琶行》里"座中泣下谁最多，江州司马青衫湿"，就是很好的成功例证之一。

哭，还是历史画卷里的一种艺术和文化。骚人墨客，多为性情中人，他们常常无所顾忌，大胆啼哭，甚至泪水涟涟，哭得撕心裂肺，千姿百态；哭得无比动容，丰富多彩。他们的哭，无论是实践水平，还是观赏价值，简直是一门高深艺术，更是一种独特文化，常令我们回味无穷，叹为观止。

国人历史上，哭出水平的人，不胜枚举。史上最爱哭之人，当属东汉末年"竹林七贤"中的阮籍。他多愁善感，动不动就哭，超林妹妹何止百倍！他怜香惜玉，可以哭陌生女子于灵堂，也常独自徘徊于荒郊野外，哭后自返。封他为爱哭之最，实至名归。

史上最资深之哭者，莫过于南唐后主李煜。从九五之尊，沦为阶下囚徒，国仇家恨，花落知多少。无奈和愁苦之下，不知为忧愁洒了多少眼泪，哭了多少回合。最后，只好自问能有几多愁，恰似一江春水向东流！

史上最会哭之人，诸葛亮当仁不让。据说，气死周瑜后，诸葛亮还能去祭拜死者，灵前的他，"伏地大哭，泪如泉涌"，哭得一塌糊涂，令原打算杀他的那些周瑜部下，也被他骗得"无不动容"，尤其是鲁肃，还被他感染，感慨不已。由此可见，孔明先生哭之功力以及他的表演水平的确高深莫测，以至于后人谈到或用到或研究哭的妙处，都会虚心地向孔明先生学习。我个人认为，在诸葛亮之前，哭顶多算是一门艺术，可在他之后，则是一种文化了。

哭由情生，哭由境发，那是人之天性使然，如果刻意去压抑，反而不美。不哭，并不代表坚强，哭了，也并非就是懦弱。人之称谓高等动物，别于禽兽，无非是人有意识，能思考，知廉耻，懂仁义。而所有这些，离不开喜怒哀乐的表达。豁达之人，该哭就哭，该笑就笑。哭与笑又是对立统一，哭是笑的基础积累，笑是哭的自然升华。没有生活中各种磨难阅历，各种辛酸体验，甚至流汗流血流泪，哪来收获成功之后的灿烂笑容。况且，有时笑着，笑着，带出泪水，喜极而泣，又回到了哭。

谈到哭，不得不说的是，有些哭，不但虚伪，且很不道德，着实令人痛恨，恶心之极！如，常在一些低俗的影视剧中，戏子们浓妆粉墨，靠着辣椒等辅助，强逼而出的虚情之哭；还有就是，亲人甚至父母离世，花钱叫人代哭，用意很明显，让旁人觉得他孝顺，懂礼重情。兔死狐悲，连畜生都会为异类伤悲而流泪，那些人连父母的去世，都不会或不想哭的人，真是禽兽不如；再有，就是那些所谓的人民公仆，在位时，贪赃枉法，恬不知耻，丧心病狂，误国殃民。监狱里，他居然也会流泪，也好意思哭！

环顾四周，这种人，还不少，真让人欲哭无泪！

男 人 女 人

　　自盘古开天地，女娲发现大地缺乏生气，于是，用黄泥捏造活人，后女娲嫌捏来捏去麻烦，又把人分为可以结合并繁衍生息后代的男人和女人，从此，世界上的人就分男人和女人。

　　诚然，女娲造人只是美丽的神话传说，不足信。但，世界上自从有了人，有了男人和女人，这个世界，才有了创造，播撒希望，充满生机，迸发活力。对于这一点，我想，无论男人和女人，没人会质疑。

　　女人说，男人是一团火，热烈而奔放；男人说，女人是一片云，轻盈又秀丽。可见，男人和女人，是不相同的。

　　男女相别，打小伊始。幼年时候，摔倒或受了委屈，你是男孩，大人会说：自己爬起来，这点儿挫折算什么，你要坚强，你是男人！若你是女孩，父母则往往会说：摔到哪里？疼不疼？噢，宝宝别哭，别哭。

　　男女有别，由来已久。古有男耕女织，男主外女主内之说。田间地头，疆场驰骋，男儿当先，他们是中流砥柱；描红纺织，服侍老小，多为女人，她们是家国温暖的坚固保障。就是当今社会，早已得到彻底解放的国之妇女，由于分工不同，在许多特殊工种或领域里，男人和女人，都还是有别的。

生活中，男人说话总以果敢、坚定、幽默据称；女人的语言常以清爽、甜美、动听有名。因而，自信、刚强、豁达、潇洒是男人的象征；温柔、大方、庄重、细腻是女人的标签。

女人的孤独是一种凄美含蓄，男人的寂寞是一种深沉情怀。女人的微笑中，常常带着忧伤；男人的笑意里，往往绽放坚强。泪水是女人脸上的微笑，微笑是男人心中的泪水。

男人最讨厌女人的扭扭捏捏，故作姿态；女人特反感男人婆婆妈妈，油腔滑调。女人往往为了男人而自寻烦恼，甚至不能自拔，这也许是女人的通病；男人常常因为女人而怒发冲冠，甚至不顾一切，这或许堪称为男人的悲壮。

男人和女人，如果和睦和谐，世间美丽太平；男人和女人，如果没有逻辑，社会陷入混乱。一个没有素养的女人就是花瓶，而一个没有底蕴的男人则是废品。男人极力夸奖一个女人，足以证明他一定喜欢这个女人；女人总是骂着男人好坏，多半显露她早已爱上这个男人。

男人和女人在一起，偶尔也会有一个醇香的故事。不信，你就去问问身边的男人和女人。

对"野生"有度，请"嘴下留情"！

事件之一，据《江都日报》报道：去年，江都境内有 200 只野生动物惨遭杀戮，触目惊心；事件之二：己亥年末庚子年初，新冠疫情突发，武汉封城，全城停摆，商店关门，街道冷清。乍一瞧，这两件事之间似乎毫无瓜葛，然细思之，关联密切。

人间疫情与"生态自然"，尤其是杀戮野生动物有着莫大的关联，归根结底在于，我们人类自己过分地破坏了人与自然之间的有机、和谐、共生关系。我们只有一个地球，野生动物是人类的朋友，也是自然生态系统的重要组成部分，更是自然赋予人类的宝贵资源，但同时也是新型冠状病毒等许多病原体的携带者和自然宿主，对人类自身身体健康和生命安全构成潜在危险。

此次冠状病毒，从发生至一个月不到，已是疫情汹涌，万分险恶，并引发了严重后果。在疫情防控这场阻击战中，我们紧紧依靠中国共产党的坚强领导，我们中华民族的凝聚力、战斗力淋漓尽致地展现了出来。这场战役，国家领导亲自指挥，亲自部署，多次强调各级党委和政府要坚定必胜信念，咬紧牙关，始终毫不放松抓紧、抓实、抓细各项防控工作，不获全胜决不轻言成功。虽然经过举国上下万众一心，疫情基本得以控制，但是它带给了我们乃至全世界人民的思考，也再次为我们敲响警钟：我们必须深刻反思当前人类自身的许多行为。诚然，疫情的发生，源头众多，目前尚无定论。究其原因，固然有经济层面、政治层面和人文层面，还有制度监管层面，但我个人认为，更多的应该是我们人对待野生动物的"嘴不留情"！

为何人类要少吃野味，嘴下留情？古人的经验是：害身体，易生病。有明朝医学大家李时珍《本草纲目》为证。他在书里就总结了一大堆不能吃的"野味"：孔雀肉味咸、凉、有小毒，人食其肉者，自后服药必"不效"；鸳鸯虽好看，但跟孔雀一样"肉味咸、凉、有小毒"，更可怕是食后头疼，可以变成终生疾病；野马"肉味辛、苦、冷、有毒"，多吃会"生疮患痢"。甚至对备受大家推崇的熊肉，虽然没毒，李时珍也提醒"有痼疾者不可食"。

野生动物是构建生态环境的自然因素，在维护生态系统平衡中发挥着不可替代的作用，必须好好保护。随着时代的发展与文明的进步，对于保护野生动物，时至今日，已成为绝大多数人的共识。然而，有些人的"保护"，却是只停留在口号上。对其而言，在"野味"的诱惑下，他们一有机会就垂涎三尺，舌与胃都"口蜜腹剑"！主因有三：一是这些人往往热衷卖弄、一贯自私自大，总有想要高人一等的心态，更有攀比心理，认为"野味"，越野越好，政府越保护，他们越想吃。二是这些人往往喜欢炫耀，甚至认为吃了野味，就觉得比其他没吃野味的人更牛！也似乎因此更有谈资，在吃了野味的人面前，吃猪肉的人觉得自惭形秽，吃白菜的人就更是无地自容！三是这些人往往深信民间多年来流传的一些说法，认为吃野生动物对强壮身体特别有好处，追求野生动物的滋补、药用功效。于是乎，他们为此，不择手段，不计后果，滥吃滥杀。

保护"野生"，刻不容缓。鄙人认为，首要必管住自己的嘴！一些食客，追求吃时所谓"鲜度"，致使不少动物遭殃。为了迎合这些食客的爱好，无论城乡，几乎各大小餐馆、饭店，都将五花八门的海鲜和野味，摆放在屋内外最最显眼处。同时，为了让食客放心并讨好之，也证明他们餐店的"食材"鲜活，店方往往会主动"表演"现场宰杀，许多"手法"之血腥残忍，令人发指！略举一例，窥见一斑。我们当地，有道名菜叫"现炒血鸭"。烹饪前，店家将一群活鸭放风十分钟左右，然后由食客当场指定一只，驱赶进屋子，用特制的带着倒钩的钢丝或铁丝，每隔三五分钟狠狠抽打一下，把痛叫不已、一瘸一拐的鸭子，再放掉，再抽打。如此反复，慢慢折磨，大约一刻钟后，这只活鸭活活窒息而亡。这样做，说是可以最大限度地保证鸭血的"鲜活度"！食客们一边"聆听""观赏"活鸭被抽打后凄厉的惨叫，一边啧啧有味地细品血鸭的鲜味。

保护"野生"，"没有买卖，就没有杀害"，还要管住自己的"手"！做到这点，其实不易。疫情前有媒体报道披露，南方某省出现野生动物黑市，在众多的野生动物零售和批发点，只见店旁及门口的案板上，被猎杀的野生动物一片血淋淋，呈一字排开。远远望去，何止十处？据调查了解，这里的供货方多是本地的农民，少数人甚至以此为生计。久而久之，在当地，从肆意猎杀、非法收购到贩卖运输，再到餐桌，俨然企业工厂"生产流水线"。这些人为了"嘴欲"，"黑手"瞄准野生动物，如蛇、蝙蝠、穿山甲、熊、青蛙、野猪、鳄鱼、冬毛鼠、果子狸等，无论是天上飞的，还是山上跑的，只要能弄到，通通"咔嚓"了。

"咔嚓"是痛快了，可由于人类"魔爪"越伸越长，许多野生动物的栖居地越来越小，连同自然灾害频发，可供人类"咔嚓"的野生动物也越来越少。再加上人为的污染，更是肆意破坏着生态环境的平衡，不断催生野生动物自身细菌变异，人再食之，感染易之。为了"嘴欲"，狂虐野生动物，正应了"网红"语——不作不会死。

客厅的电视里，正在播报全国疫情最新消息。听着听着，我心情有些沉重，于是闭目静思。一时不由想起2003年的"非典"。一十七年，弹指一瞬。可似乎那年病毒过后，并没有阻止人们一饱口福，依然去吃野味，果子狸、松鼠、野兔，一只只野生动物被杀害，人类的代价是因感染野生动物身上所携带的病毒，而付出许多鲜活的生命。唉，又聪明又愚蠢，又伟大又可怜的人类呀，总是好了伤疤忘了疼！无数事实告诉我们，人类要讲究饮食卫生，保障饮食健康，就必须重视动物防疫和检疫，更好预防疾病，学会与动物特别是野生动物和谐共生，管住手、管好嘴，做到"嘴下留情"。

有人会说，它们无非动物嘛，没啥了不起。其实，天地万物生长，各有其道。自从盘古开天，人赖以生存的食物就有了食谱，什么可以吃什么不可以吃，祖先就定下了规矩，每种动物都有各自的生物链。从古至今，很多传染病的源头都与某些野生动物相关。据资料显示，人类已知的350多种动物疾病中，有200多种可以传染给人，且多数是"吃"出来的。狂吃野味，在人类历史中，教训却也很惨。

偏有人管不住"嘴"，奈之若何？那让他尝尝"嘴不留情"的代价。有这样一则消息，一个清华大学的女教师，在得了癌症临死前写了许多自己亲历的事情，其中就写了自己不应该经常去吃什么野味，非常后悔自己违反了自然规律，代价如此之大，固然让人痛心，却也是可怜之人必有可恨之处。诸如此类，何其多？

其实，"嘴下留情"并不难。只要见诸行动，多存敬畏自然之心，常怀清心寡欲之身即可。当然，保护野生动物，"管住嘴"，并非要我们完全"禁欲"。当前人类处世，似乎总是太浮躁，不左就右，非禁即纵。人与动物间，如何处更好？我们人类对此，并非缺少智慧，而是缺乏贯彻！中国孔圣人的"中庸之

道”，马克思哲学的“度的原则”，就是最好的答案。

　　共住一地球，假如人类还想过几天好日子，对“野生”有度，请“嘴下留情”！

　　（此文，荣获 2020 年芦溪县抗击新冠肺炎中小学校“主题征文”教师组一等奖）

第五辑　人在旅途

天地寸心间，一边再见一边遇见；
岁月似风景，回首张望需要勇气。
人生如旅途，侧身细看侧耳静听；
旅途像梦境，满布新奇治愈传说。

杭 州 游 记

作为《萍乡日报》的一名通讯员，参加每年一次的培训班已经非常荣幸，而培训班后的采风活动，让我倍感高兴。期盼已久的杭州采风行程终于定下来啦！我们一行十八位通讯员，个个都很兴奋，带着对这个向往已久的名城的期盼，踏上了旅程。

1999 年 10 月 3 日中午，火车载着我们一路欢奔，经过 11 个小时的车程，终于到达了此行目的地，号称"上有天堂，下有苏杭"的杭州。杭州，浙江省会之城，即坐拥妖娆山水风景，又尽享自然和谐之美。

杭州，不负人间天堂的美誉，一路都是景点，到处都有风光，以它绚丽的秀美景色，逾千年的人文历史，惹得中外众多游客都想来一览它的风姿。我们一行下了火车在一家菜馆用了餐，地道的龙井，别致的农家菜，然后，来到了云栖竹径，观赏晚秋红叶。

云栖竹径，是西湖景区较为别致的一处景观。火红的枫，桔黄色的槭，金黄的银杏，翠竹成荫，山路蜿蜒，溪流潺潺，绕径而流，凉爽幽静，被称为"西湖竹景之冠"。漫步其间，楼阁亭台，错落别致，风格各异，交相掩映，仿佛为这里赋予了"诗韵"的灵魂。

竹径的居中为御道，相传清康熙与乾隆帝都曾来过云栖。旁有洗心、三聚、回龙、悦性、皇竹、遇雨亭等景点，风姿独特，满目葱绿，竹径尽头有一处云栖寺，古色古香。这时，你会不由得想起，伟大诗人白居易的词句："江南好，风景旧曾谙。日出江花红似火，春来江水绿如蓝。能不忆江南？江南忆，最忆是杭州。山寺月中寻桂子，郡亭枕上看潮头。何日更重游！"

第二站，我们参观了宋城。宋城最有名的是主题公园，主要分为清明上河图再现区、九龙广场区、宋城广场区、仙山琼阁区、南宋风情苑区六个部分。景区里的建筑，斗拱飞檐，仿古街道，车水马龙，呈现出一番浓郁的古宋风情，古朴、凝重、严谨，使宋城溶进了一股生命的动感，正是：置身宋城，恍如隔世。给我一天，还你千年！

来杭州不去西湖，就等于白来！西湖是为数不多免费开放的国家 5A 级风景名胜区。西湖三面环山，东西宽约三公里，南北略长，绕湖一周近十五公里。湖中被孤山、白堤、苏堤、杨公堤分隔，按面积大小分别为外西湖、西里湖、北里湖、小南湖及岳湖等五片水面，苏堤、白堤越过湖面，小瀛洲、湖心亭、阮公墩三个小岛鼎立于外西湖湖心，夕照山的雷峰塔与宝石山上的保俶塔隔湖相映，形成了"一山、二塔、三岛、三堤、五湖"的格局。观后，让人心情格外地恬静。

西湖风景醉人心，怎一个美字了得！来到西湖，不得不看的是断桥。桥头有一碑亭，上有康熙题的字"断桥残雪"，古朴庄重，虽未赶上下雪，但断桥之下，湖水青翠，波光粼粼，不远处不时传来游客船上的丝竹之声，人景交融，疑似人间仙境。所谓断桥，不是这桥真的断了，而是特指冬天落雪后桥面白、桥洞黑，与水面波光相映似乎断开的别致景象。

再向前走，沿湖有多棵三百年以上树龄的名贵香樟树，枝繁叶茂伸向湖中，倒映于水面风姿卓然。白堤长约一里，东起断桥，经锦带桥，西到平湖秋月，将外西湖和北里湖分隔开来，临湖水榭，红叶如霞；沿湖摇橹，激情荡舟，美不胜收。面对如此美景，一切的赞美之词，都显得苍白无力。这时，你不得不佩服，还是苏轼先生的诗句，写得最到位："欲把西湖比西子，淡妆浓抹总相宜。"

西湖除了美景，还是从古至今文化人的精神圣地。就拿孤山来说，简直就是一座文化堆砌的山，除了西泠印社、文澜阁、清行宫、敬一书院、白苏二公祠、西湖美术馆外，历史及文化名人的墓冢、纪念亭或塑像比比皆是，个个如雷贯耳，苏东坡、白居易、范仲淹、林逋、俞樾、秋瑾、徐锡麟、苏曼殊、潘天寿、吴昌硕、鲁迅、蔡元培、林风眠等等。文化人来杭州，孤山也是不得不看的。在我看来，它的出名，更多的是"名人效应"吧！

由于时间不充裕，好多景点我们都是走马观花。其实西湖的任何一个景点，都值得花上一天时间。徜徉在青山绿水间，或找一静地，独自一人，或闲坐，或品茶，抑或晒晒太阳，把西湖的美装入心中，让心灵融入这都市山水，你就会真正懂得，自然的和谐与美妙。

"上有天堂，下有苏杭"。杭州是一座可以和天堂齐名的城市，杭州的美，尤其是西湖的美，让人沉醉。如果你来杭州，你就能明白顾城诗里的世界："门很低，但太阳是明亮的，草在结它的种子，风在摇它的叶子，我们站着，不说话就十分美好。"这里，处处都是岁月留下的风景，走进来，听着雨，看着雨，"人在画中游"说的就是来这里的你。

有一种人生遗憾，叫没有去过庐山

2001年6月，我携妻子和女儿与单位同事二十余人，来了一场说走就走的三日旅行，攀登庐山。

一行人，浩浩荡荡，从家乡坐火车到南昌，再转车至九江，然后从九江汽车站乘车向庐山进发，大概十点半左右，抵达庐山脚下的牯岭街。安营扎寨，时间尚早，决定先一睹为快。

第一天，庐山烟雨朦胧，山风习习，到处都是云雾缭绕，六月的天竟还有些凉意。不知名的小花，五颜六色，可爱的蜜蜂，忙着采蜜，流连戏蝶，在人身边飞来飞去。好在是蒙蒙细雨，在导游的引领下，我们绕着如琴湖，悠闲地边走边看。

雨雾下的如琴湖，十分幽雅，宁静怡神，只见房屋建筑，依山傍水，峰岭围抱，赏心悦目，美轮美奂。此情此景，似琴声在心中悠扬，真是恰如其名！我们在这里享受了半个多小时，感受着清新的空气和惬意的氛围。

与如琴湖相挨着，是庐山的主要景点之一的花径公园。此景之所以闻名，唐代大诗人白居易功不可没。据说白居易出任江州司马时，在这里咏过一首诗叫《大林寺桃花》："人间四月芳菲尽，山寺桃花始盛开。长恨春归无觅处，不知转入此中来。"果然，我们一踏进花径小路，就看到了怒放着的朵朵桃花。我不免有些惊奇，诗中不是说桃花四月盛开，怎料六月了，还开得如此旺盛？

接下来，我们参观了庐山会议旧址。室内，陈设简朴大方，宽敞洁净。大伙一条龙似地前移，神情有点儿严肃与沉重，与之前的嘻嘻哈哈，判若两群人。大概是这里的氛围，多少带有些政治色彩的缘故吧！

继续前往下一站锦绣谷。锦绣谷主要有三个景点，石松、险峰、仙人洞。比起花径公园，锦绣谷景点现代气息浓了许多。路有些湿滑，我们一路小心走着，观赏着，只见远山的劲松，和着漫天的雾，松雾互吻，缠缠绵绵，扑朔迷离，宛如仙境，确实美得令人震撼。导游介绍说：庐山不拍松，来去一场空。我赶紧拿出相机，咔嚓抓拍。

走过天桥顺路前行，就来到了传说中的仙人洞了。此时已过中午，我们一致意见，在仙人洞短暂休息，消灭随身携带的食物，补充能量，权当午餐。仙人洞的空间其实不大，我们二十来人挤在一起，满满当当。可仙人洞的文化底蕴却深厚得很，正如毛主席曾经在这里的题诗："暮色苍茫看劲松，乱云飞渡仍从容。天生一个仙人洞，无限风光在险峰。"

饭后稍歇片刻，大家轻装上阵，沿台阶继续往前，两三支烟的功夫，来到了御碑亭。御碑亭的景美，还有一个比景更美的传说：朱元璋派人往庐山竹林寺，寻找周颠，至御碑亭西侧佛手岩，既不见人也不见寺，但闻钟梵之声，于是在崖上敕建访仙亭。找不到竹林寺，而传说中的寺址，与天池山上的天池寺相近，便又敕令修缮扩充天池寺代替，御笔题额，大加赏赐，派高僧主持。

从御碑亭走出，眼前立现一个置于孤峰顶的半圆形的台子，叫文殊台，想必是与文殊菩萨的传说相关。台的前后左右，松树高耸挺拔，与壁立千仞的山峰遥遥相对，煞是好看。这时，雨停了，雾散了，太阳也出来了。透过又高有密的树叶，我抬头仰望，暖意正浓。与文殊台相邻的景点是天池寺，拾阶而上时，就看见了大天池。说是大天池，却比想象中小了些，与"大"字联系不多。还有那天池寺，香火寥寥，蒿草爬满寺顶，略显苍凉。

穿过天池寺，从右侧石门直接顺着石阶下行，约三四百米，便可见下临深壑，拔地千尺的悬崖，整个山崖如石龙昂首，故称为龙首崖。听说过去有很多信徒从这里跳崖，舍身成佛，所以龙首崖又叫舍身崖。若说大天池有些苍凉，那龙首崖却是令人心神振奋。这里的绝壁异常陡起，是观赏云雾的好去处。我凭栏俯瞰，只见石涧峡谷，处处神态各异，绚丽多彩，换个姿势或角度，又是一番景象，不由人想起大才子苏轼的诗："横看成岭侧成峰，远近高低各不同；不识庐山真面目，只缘身在此山中。"龙首崖景观以岩居多，有狮子岩、方印岩、文殊岩、清凉岩、万丈梯等，每当大雾袭来，游客站在岩上，有如太空遨游，腾云驾雾。您若能耐住性子，不需片刻，雾散云开，境界宽阔，满目青翠，这时，您会真正体会到一览众山小的感觉。

从龙首崖过来就到了石门涧与黄龙潭，因时间有些紧，我们没去石门涧景区，直接奔向黄龙潭。黄龙潭位于古木掩映的峡谷间，众多的瀑布倾流飞泻，气势磅礴。乌龙潭宽广的瀑面，飞扬而下，短而有力，妩媚动感，像极了美女舞动的白裙，曾经作为《西游记》拍摄水帘洞的外景地，更是平添了它的神秘，让人有忍不住想去掀开它的冲动。

黄龙潭观后，我们又坐观光车来到美庐别墅。别墅在漂浮的烟云中，美得令人心跳，令人神往。同行的人，都争先恐后走进它，而我，只在远处，静静地看着。对于神往的东西，我更愿让它保有一些留白，也许这样的留白，比本身更美。

不知不觉间，天色渐晚。我们到了位于美庐别墅附近著名的庐山恋电影院。著名的《庐山恋》，在这里放映了一场又一场，正如上庐山的游人一拨又一拨。

八点半时分，街上亮起万家灯火，一天的逛游也告一段落。我们在早预定的宾馆用餐，酒足饭饱，然后睡觉。因为，我们明天将挑战更加险峻的东线五老峰和三叠泉。

第二天，我们起了个早，继续第二天的行程，主要目标是三叠泉和五老峰，实际上多数人上庐山，就是冲着五老峰来的。热情的宾馆老板告诉我们说，早上的五老峰雾气会很大，不如先去三叠泉，逛完后再去五老峰。

听从了老板的建议，也为了最后攀五老峰蓄积力量，我们决定坐一段缆车。坐缆车也到不了终点，只能送我们三分之二的路程，另外三分之一需要步行。需步行的路程，有一千五百多个陡峭的台阶，弯弯曲曲，一级连一级，望不到头。经过一个多小时的努力，终于，一条银练出现在眼前，三叠泉到了，转了个方位，才看到这条银练之上，还有两条，大概就是一道瀑布从高处冲下，因为山石一层一层往外凸出，所以这条瀑布成了三条阶梯形状的，故此命名为三叠泉。

三叠泉的四面，群山环绕，高处瀑布飞泻，溅到下面的岩石上，在阳光的照耀下，绚丽夺目，当真宛如腾起的紫烟。然后再落入清潭中，水花四溅，我们倚在对面好几百米远的亭子里，都能感到水雾扑面，格外清爽。我心中感叹不已，真的太美了！美得不知怎样用语言表达。对于这样的美，李白脍炙人口的《望庐山瀑布》中写道"日照香炉生紫烟，遥看瀑布挂前川；飞流直下三千尺，疑是银河落九天。"应该算是绝唱。这样的美，只有李白敢写，写出它的美，也只有李白的诗文，才配得上它的美！

我们在此处逗留最久，差不多两个小时，最后才恋恋不舍地原路折回。返时的台阶路，下来时难，上去时更难，爬三五级，得喘一回气。最有趣的是，刚满五岁的爱女雅儿，特别兴奋，蹦蹦跳跳地走在我们队伍前面，在前方的游客人群中，窜来窜去，当窜至一个头发金黄的外国美女身旁时，美女见小孩可爱，友好地摸了摸女儿的头，用不太流利的中文连声赞叹："这个小朋友，真棒！这个小朋友，真棒！"得到了别人的赞美，一向活泼好强的雅儿，更是卖力地逗能，一溜烟向上冲，急得妻子和我在后面大叫，拼命似地追赶。

从三叠泉出来，观光车直接送我们到达登峰门，正式攀登五老峰。据说五老峰得名，是因为山的绝顶，被垭口所断，远望就像五个席地而坐的老翁，所以被称为"五老峰"。

不同于三叠泉那种连续的台阶路，五老峰的台阶虽然也多，但是每三五个台阶就有那么一两米的平路缓冲一下，所以没觉得累，到达一峰也比我们想象中要快。一峰处有个古旧的石亭，往下看去，很高，山中雾气较大，远处风景几乎看不见。继续前行到鹰嘴石处，有一个岔路，右边是去二峰，左边是去三峰，我们先去了二峰，路程不远，但是全是岩石，路比较难走，手脚齐用才登了上去。

登高望远，身心说不出的舒畅，所有疲乏被凉爽山风一吹而散，老远就能听到三峰或是四峰上，传来"嗷呜嗷呜"胜利者的咆哮声，那边的游客们似乎乐得疯了，我们也被感染了，快速退出二峰，朝三峰和四峰奔去。一到四峰，我就觉得不虚此行，四峰是五老峰中的最高峰，让人大开眼界，也是此行庐山看过最美的风景：蔚蓝的天空，太阳升起时，云海汹涌澎湃，真的如万马奔腾；站在四峰顶上往下看，有一种强烈的眩晕感，激情溢胸，心潮荡漾，左边的一块巨石上面，刻了四个大字：天地壮观！我们每个人都贪婪地游弋着目光，脚步却迟迟未动，不禁沉醉于这美景不愿离开。

下山我们依然决定步行，为的是不负"壮观"二字！

去过的人都说，庐山四季皆宜，尤其是秋季，更是庐山最美的季节。也有人说，庐山的四季，春如梦，夏如滴，秋如醉，冬如玉。而我要说的是，逛了庐山后，对景的追恋，此生应无遗憾了！

春登武功山

不知何时，妻子爱上了徒步游。或是受朋友微信群徒步"驴友"之影响，或是生性好动使然。经不起妻子的软磨硬拽，我们决定双休日登游武功山。

一大早，我们从县城自驾出发，个把钟头就到山下。未做片刻停留，直奔首站羊狮慕。

初春的路上，山坳里到处盛开着高山杜鹃，应该是最美的时候，幸运地看到了她最美的容颜。刚开始，阳光很给力，天公也作美，能见度不错，我们一路走得很轻松。可走了半小时，天上忽然飘起小雨，我倒没怎么担心会下大，心想干脆下大一点儿，反正登武功山看不到云海还真有点儿遗憾，但没有雨，哪来的云海？我甚至祈祷着能见到美丽的云海。

妻见我双手合十，边走边絮叨，说我真像一个小孩。或许真心感动了上天，不多久，雨真下大了一些。但路上不是很湿，天空还是没有任何出现云海的征兆。

一丝一丝的雨从天而落，落到冒着汗气的妻子的头上，瞬间消亡，我无暇打趣，与妻子商量着赶紧加快速度，不想变成两个落汤鸡。因为下雨，我心里想的都是赶路，觉得这段路上的景色多少有点儿单调。后来与朋友聊起，朋友说那段路有树、有溪、

第五辑 人在旅途

165

有花、有石，很美的，都是你当时的心情作怪，你真没眼福。细思起来，朋友的话是有道理的。其实，人生何处不是这样呢？

等妻子间隙，我回头一望，只见身后百米开外的下山游客，正蚂蚁似的往下移。这时的雨更密了些，我拉着妻子，赶紧躲进一间小屋避雨。大概一刻光景，雨小了些，我们继续前行，大约一个半钟头，到了羊狮慕，第一次歇了脚。

从羊狮慕折返沈家大院，直奔发云界。近两个小时的山林穿行，上午已过大半。前方出现一座小亭，可以观赏瀑布。这时，雨停了，云海初现，风起云涌，变化万千，仿佛到了仙境。我们拿出相机，一路携手，一路"咔嚓"。

放晴后的发云界，一切景致都非常迷人，一切气息都沁人心脾。对面遥远的山腰，倾泻而下的瀑布，显得格外深邃，不可一世的幽暗，着实让人窒息。而那些安静的树林则长出一种气势，在雾的氤氲中笃定，仿佛武者练功后的打坐。

发云界山脊举天，如雄关天堑。目之所极，天清澈晴朗，每一抹辽远，都天高云淡；每一处眺望，都澄明透亮。雾慢慢地升起，或左或右，或浓或淡，像一个风情万种的出浴少女，在众山之间徐徐缓缓，在通往前方的山路上翩翩飞舞，最后化成永恒的思念。

从发云界出发后，我们不知翻过几座山头，行进的路突然陡了起来。我拿出事先准备好的线路图，知道那十有八九就是绝望坡了。据当地人介绍，绝望坡，又名好汉坡，其实包括一上一下两截路，上下都非常陡，而且不好落脚，幸亏备好了两根登山杖。这段山路，一直又窄又簸，如丝带一样蜿蜒曲折。那些同行的风似乎也很依赖自己的坚定，它们如影随形，不畏艰辛，始终不停地在周边呼啸，直至午阳高照。山非常孤傲，好像要跟征服它的人说："怕了吗？绝望吗？"一如它的名字！可我偏不信，几乎不作停留，全身心地攀登着，一路都是绕着小之字形线路上山，与妻子互相鼓励着，终于爬过了绝望坡。

从坡顶四下看去，云雾弥漫，处处皆景，遍地的山花烂漫，远处时不时有鸟在鸣叫。迎着风，这里所有的"浪漫"，都被捕获；追赶阳光，所有的温情与柔和都如同收获。尤其是春天，在人们离天很近的地方慢慢沉淀，一种特别的思绪比想象的美，像光阴一直有美丽的青春跟随，随行的碎碎的足迹完成了对大自然的仰望。

爬上绝望坡时再回望我们所走过的路，心头还真有成就感，那一座座山头，当真是我们一步一步爬上来的么？爬的时候觉得累，只听到自己呼呼的喘气声，但一旦回头再欣赏来路时却没有了疲倦的感觉，我是个喜欢一边走路一边看风景的人，因为生活如此，生命如此。很不明白为什么有些登山者，就只顾着埋头苦走，头也不抬，也不爱用相机记录沿路的风景，那样的行走还有没有意义？那样的户外还有什么境界，我们一路不辞辛劳，不就是为了欣赏一般人所看不到的风景，不就是为了体验常人难以体验到的对美的感悟和生命的意义么？

接下来的路虽然起伏错落，但翻过了绝望坡的我们已经勇者无惧了。原想在坡顶用午餐，无耐山风强劲冷冽，骄阳恣意妄为。大概心情也不错，遂定与妻继续前行。

爬上观音宕，倒不是很费力，两地之间的路较前平坦了许多，像是寓意着趟过绝望成好汉？我调侃妻子说，过了绝望坡，其他都不难呀！真是神奇的大自然造物啊！

简单用过午餐，因目标尚远，只稍作休息，再度攀行。似乎在好汉坡找到了好汉的感觉，加之饭后，前行之路潇洒了很多。一会儿工夫就攀上了吊马桩。吊马桩，映入我眼前的就是一些石头，也很美，但没看到什么吊马的桩子。这时，妻子红扑扑的脸上，也露出些许失望，提议喝口水，擦擦汗。此刻在吊马桩，只有我与妻子两人，显得格外宁静。我贪婪地眺望远方，任凭微风吹发。或许累了，抑或失望，妻子也不吭一声。

空旷的四周，沉浸在花朵涌来的香气里。疲乏的身心，过滤着被时间屠杀的过往和曾经拥有的宁静美好，仿佛拯救着不由自己掉入喧哗市井的灵魂。心中有爱，活着便美；我慢慢地闭上眼，抛开思绪深呼吸。心涌万千呢喃语，我只说给花儿听。

曲曲回回的石阶路，起起伏伏的云中海。离开吊马桩半小时了，金顶还在执着地看着我们。快到山顶的时候，雾少了，太阳开始炙热。其实爬这段路我早就想放弃了，路有些泥泞。想想绝望坡，一咬牙，直奔金顶、铁蹄峰和九龙山！

会当凌绝顶，一览众山小。在几个山顶朝下俯瞰，武功山那江南独有的高山草甸，当真实地展现在面前时，不得不令人啧啧称奇。远远看去，大大小小的圆顶山头犹如翠绿的蒙古包，风韵各异，又像极了少妇浑圆珠玉的躯体，简单的线条却是曼妙无比，行走其间其上，无限的遐想不禁令人心驰神往。然而最奇妙的是，青草漫山遍野却几乎不见树木，这在江南的山景中是绝无仅有。极其罕见的那几棵苍松，傲立于苍茫之中，卓然而挺拔，格外醒目。让人一下子就想起那个"前不见古人，后不见来者，念天地之悠悠，独怆然而涕下"的初唐诗人陈子昂，还有他那孤寂落寞的身影。

凌晨两点，我们被客栈外凌晨爬山的游客吵醒，估计是外面星星太多了，他们疯唱了好的歌，很晚才再次回归宁静。因为怕错过日出，凌晨四点半起床。所以只能早不能晚，天空好美，星星陪着我们，第二次爬山比第一次快了不少。

当我们到山顶时，天色渐渐明亮起来，头顶上的天空飘着朵朵云彩，遥远的天边，泛出一道橘红色的地平线，在黑暗和亮光交接地带，那红色在渐渐变亮扩大，似燃烧中的火苗逐渐旺起来。慢慢地，红光普照高山草甸，石阶旁的野花和芦苇也披上了一层金子般的橙色靓妆，多么美妙的瞬间啊！又过了一会儿，霞光变成了深黄色，狂吻着广袤的高山草甸，叶片和花瓣上的露珠，像极了美女的相思泪滴。我感觉身子慢慢地融化，轻轻地，轻轻地，漂浮着……

下山原路折返，再次贪婪地欣赏着沿途的美景。也许下山省力点儿，也许心情更喜悦，我与妻子都从容了许多。回家后的第二天清晨，推开窗户，又下着雨。整整一个冬天，我都紧闭窗户，把自己的心闭合在一片孤单和无奈中，几乎都忘了外边的世界是什么样子了，晨曦，花香，雨丝。我在想，绝望坡的路是不是很湿滑？吊马桩的杜鹃是不是依然开着？金顶是不是也下了雨？不过，这次登山后，武功山在我的心中，永远是春天。

厦 门 之 旅

　　2006 年暑期，单位组织去厦门观光旅游，连家属一起，共有三十五人，四日行程。

　　那是一个清香袅袅的早晨，我携妻子和女儿，怀着又激动又快乐的心情，与同事们踏上了去厦门的路程。离目的地尚有百里，下火车透气的时候，我们就感到了厦门的气息，甚至连空气中都有一股海水的味道，也许这就是大海的味道？

　　站点下车，安排妥当。集体开始逛厦门的商业区：中山路。中山路是厦门目前保留较完整的展现近代历史风貌的旧城街区，也是全国唯一的一条通向大海的商业街。中山路异常繁荣，商场众多，吃的、用的、穿的、戴的等商品，一应俱全，酷似上海的南京路。

　　中山路上整条街都是好吃的，远近闻名，简直是"吃货"的天堂。尤以黄则和花生汤和八婆婆烧仙草最为叫好。七月的厦门，天气酷热难耐，这时喝上一杯烧仙草，沁人心脾，可以说是最佳选择。若喝的人太多，赶不上，就要退而求其次，去光顾另外两种特色小吃：黄则和花生汤。或是，还有那台北小吃街，以海鲜为主，什么生蚝呀，什么鱿鱼呀，什么海蛎呀，种类繁多，各种海鲜看得我们眼花缭乱，目不暇接。

我们沿着美食街反方向走，发现了他们当地人的菜市场，挑了一家干净的小饭店，分三桌坐下，点菜吃晚饭。为了打发大家等上菜的时无聊，也排遣旅途疲劳，导游给我们讲了一个关于龙虾的故事。

　　故事大意是说一个日本游客，在厦门吃龙虾，服务生先上橘子。吃完橘子，这个日本游客把一个服务生叫来，问："我可以问你一个问题吗？"服务生答："当然可以，先生。"日本游客接着问："请问在你们中国，橘子吃完，剩下的皮怎么处理？"服务生一愣，从没遇到这样的问题，思考了一会儿，才慎重答道："当然是扔掉呀！"这个日本游客连连说道："NO！NO！NO！在我们大日本帝国，我们将它晾晒，做成干果子，销往你们中国，赚你们中国人的钱！"服务生听后自然很生气，但考虑是外宾，忍了。照样端上龙虾。

　　一会儿，日本客人用完龙虾，第二次叫来服务生，问："我可以问你一个问题吗？"服务生还是礼貌地答："当然可以，先生。"又问："请问在你们中国，龙虾吃完，剩下的壳怎么处理？"服务生知道这是客人故意刁难，可想了想，还是只好答道："当然是扔掉呀！"这个日本游客又连连说道："NO！NO！NO！在我们大日本帝国，我们将它磨成粉，做成化妆品，销往你们中国，赚你们中国人的钱！"服务生听后更是生气，但一时没想到怎么反驳，还是忍了。照样面带微笑，立在身旁候着。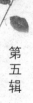

　　日本客人用完龙虾，嚼着一块口香糖，起身欲走。服务生灵机一动，礼貌地问："先生，慢走，我可不可以也问你一个问题？"日本客人答："当然可以。"服务生接着问："请问在你们日本，安全套用后怎么处理？"日本客人想了想，觉得安全套用后，肯定再没什么用处，于是答道："当然是扔掉呀！"谁知，服务生也连连说道："NO！NO！NO！在我们大中国，我们将它回收，做成口香糖，销往你们日本，赚你们日本人的钱！"那个日本人听后，脸色苍白，直奔卫生间狂吐。外面，传来了服务员们爽朗的笑声。

听着导游讲的故事，我们都笑得前仰后合。然后大家两小时自由活动，主要是逛街，最后在小饭馆集合。

厦门是一个慢节奏的城市，中山路步行街上清新小店随处可见，停下来坐一坐，品一杯花茶，尝一块茶点，半个傍晚就在此消磨。逛完街，大家准时汇集。导游清点人数，顺利到达附近预定的宾馆，到达住宿的地方，已经是晚上十点多了，定好第二天早八点启程的时间，各自睡觉。

第二天的行程主要是：厦门大学、芙蓉隧道、南普陀寺。我们一行人七点起床，洗漱完毕，八点集合出发，到公交站，简单用了早点，又花去近半小时。然后是烦琐的安检、候车、检票、上车、发车、到站，路上又花去我们一个多小时，才来到了厦门大学。

厦门大学是中国第一所由华侨创办的大学，也是我国重点建设的高水平研究型大学之一，于1921年由爱国华侨陈嘉庚先生创办。厦门大学的校训是"自强不息，止于至善"，旨在激励广大师生积极进取、努力开拓、追求至善至美。近百年的奋斗历程，厦门大学享誉国内外。

厦大校园给我的印象只有四个字：少有的美。迈进大门，两排高大挺拔的椰子树映入眼帘，造型优美，枝叶茂盛，果然名不虚传。沿着鹅卵石铺成的小径往前走，一栋栋教学楼或图书馆或食堂等，个个建筑风格别致，有着典型闽南民居特色，偶尔也有墙壁斑驳脱落的老建筑，从远处眺望，让人无比心动。建筑楼旁两边的花草树木众多，有凤凰花、三角梅、洋紫荆等，处处弥漫着清新的花香。群贤楼是厦大早期的建筑，在群楼之中的小广场上有陈嘉庚手捧礼帽的塑像，大家在校园里悠闲地逛着，随处拍拍照，十分惬意！我趁机对随行的雅儿说："环境不错吧！"雅儿拼命地点点头。我在想，真希望女儿将来能考入这所大学。

我们一行人沿着小路漫步，绿树遮掩，怡然自得。这里的老建筑，多是清水墙、琉璃顶，极富特色，多是中西混搭，中式的红砖与飞檐，西洋的长廊和圆拱，琉璃瓦或绿或红，中西合璧，恰到好处，被喻为"穿西装、戴斗笠"，满是不可磨灭的时光掠过的痕迹。这里的老房子，尤其是建南大礼堂和上弦场，更是气势恢宏，是厦大的标志性建筑。校内楼房的命名也颇有讲究，如凌云、石井、映雪、囊萤、群贤、芙蓉等。厦大古色古香的老建筑，好似将我们带到了它的过去，虽然我们不曾参与，但能到此一饱眼福，也不遗憾了。

厦大还有许多美丽动人的传奇故事：鲁迅与许广平的鸿雁传书，陈景润青年时期的励志求学，余光中在这里写下的激情诗篇……来到厦大，走在这校园幽静的林间小路上，也许会让你想起自己的美好青春与激情岁月。

校园里，除了花草、树木，便是悠悠的湖水。校园里的湖水风姿各异，其中的芙蓉湖与情人湖最是好看，湖旁绿油油的草地上，长满了五颜六色的芙蓉花，婀娜的百合，多情的玫瑰，芬芳四溢，这芳香比米兰淡雅，比月季浓郁，令人赏心悦目！沿着湖边古老的石板小路上走着，湖的四周弥漫着一种浪漫的情调，时不时走过牵手的情侣，肆意地享受着青春里该有的悸动。我想，今天观游的人群中，应该不会只有我一人回忆起学生时代的过往吧！

当我们踏过情人湖的时候，突然飘起丝雨，我们团队中的女同胞们，有点儿慌乱，导游却说：天公作美，你们赶上了情人湖最美的时候！我仔细凝望，雨中的情人湖有些朦胧，水面的涟漪惹人怜悯，此言不虚。恍恍惚惚间，我似又回到自己的大学青春时光里。

出了厦门大学，在路旁用完午餐，拐了几个弯，我们来到了芙蓉隧道。芙蓉隧道很有"文青"范，因此成为许多游客来厦的必游之地。据说，去年才贯通的芙蓉隧道，连接着厦大芙蓉餐厅和曾厝垵学生公寓，全长一千四百五十五米。这条人行隧道最大的亮点，应该就是墙上的涂鸦了。可以毫不夸张地说，芙蓉隧道是一条艺术长廊，宛若现代版的敦煌石窟。徜徉其间，我还是心涌小小的震撼！墙上的图案色彩鲜艳，或思念祝福，或青春呆萌，或寂寞沉思，有诙谐古怪的，也有庄严肃穆的，样式各异，种类繁多，风格迥异，色彩斑斓，这些作品多数来自学生，仿佛在诉说他们那些轻狂的日子，一笔一画地勾勒着无法言说的青春梦想。

厦大北侧就是南普陀寺，据资料介绍，该寺始建于唐末五代，初称泗洲院。北宋僧文翠改建称无尽岩，元末明初复建，更名普照寺。明末诗僧觉光和尚迁建于山前，殿堂院舍齐备，住僧常达百余众，清初又废于兵祸。清康熙二十三年，靖海候施琅收复台湾后驻镇厦门，捐资修复寺院旧观，又增建大悲阁奉观音菩萨，并以之与浙江普陀山观音道场相类比，且在浙江普陀山的南面，更名为南普陀寺。此后数百年来，经历代主持景峰、省己、喜参诸和尚多次重修扩建，至民国初年，已构成三殿七堂俱全的禅寺格局，成为近代闽南最具规模的名刹。南普院寺坐北朝南，依山面海而建，规模宏大，气势庄严，中轴线主建筑为天王殿、大雄宝殿、乐途殿、大悲殿、藏经阁。

我们跟着导游，来到南普陀寺，寺门高大挺拔，雄伟壮丽。门前是放生池，成群的鸽子在空中飞舞。南普陀寺庙不大，进香的人还真不少。门口可以免费领香，每人一支，也可以自己买。寺里殿阁依五老峰层层升高，层次分明，俯仰相应。东西两侧依次升高的回廊，回护三殿两侧，使之成为一个整体。南普陀寺里多佛像，我印象最深刻的是大雄宝殿大殿正中供奉的三世尊佛，造型优美、姿态多样，对着我们微笑。就连经常光顾的导游，也动情地说："人来到这里，心灵就会得到净化。"

寺院不大，其间山路回折，佛塔、石刻、题字多处可见。拾阶而上，穿行于山石之间，别有味道。山体多岩石裸露，也是闽南海边山峰的特色。因为背后五老峰别有韵味，索性登高望远。山路并不太陡，一行人边走边笑爬着山，偶尔还能看见穿着修行服的尼姑。我们大概花了五十分钟就到山顶了。山顶的景色不错，一眼望去，厦门的风景尽收眼底，还有对岸的鼓浪屿，真的好美！连双子塔，也能看得一清二楚。

离开南普陀，我们商议，晚餐就去中山路吃小吃。中山路的小吃街以思明南路为界划为南北两段，北段小吃较少，南段较为集中。小吃的花样也很多，宫廷月亮虾饼、三师肠粉、大肠包小肠、八婆婆烧仙草都很不错，吃完后大家又逛了一会儿街，时间也差不多了，坐车回酒店，圆满结束了第二天的行程。

第三天我们起了个大早，大家似乎都有点儿兴奋，因为要去美丽的鼓浪屿！八点准时出发，我们先坐公交车到码头，然后再坐轮渡到鼓浪屿。鼓浪屿的船票一定要提前买，因为游客实在太多。好在我们有负责的导游事先提醒，我们一行人顺利上岛。

鼓浪屿主要旅游景点有：日光岩、菽庄花园、八卦楼、皓月园、海洋天堂、郑成功纪念馆等。鼓浪屿本身就不大，只有两平方公里，刚下船，我们沿着错落有致的石子铺成的小路走着。听导游说，鼓浪屿的建筑具有西欧风格，具有独特的艺术美感。岛上的居民都很悠闲，仿佛住在世外桃源。岛上的钢琴博物馆特别美，教堂和别墅都不错。里面的巷子很深，富有古典的气息，这里的人们质朴友善，通情达理，和谐相处，到处都是很温馨的氛围。

岛上的日光岩是最美的，也是鼓浪屿最高点，登上日光岩可以一览鼓浪屿，从山下往上爬，一般也就二十分钟左右；位于鼓浪屿的东南海岸的皓月园中有郑成功的巨大雕像；菽庄花园是一处私家园林，园内有四十四桥、十二洞天等景点，与江南园林类似，很美，我无一错过，看后觉得值。导游一边带领着我们，一边不停地解说，我们跟着，听得入迷，看得也入迷，心想，在这样有故事又浪漫的岛上生活，应是好几世修来的福分！

岛上各种小吃店和礼品店装饰华美，青春，文艺气息浓厚，品种内容丰富，风味特色鲜明。若论岛上小吃，有好喝的马拉桑芒果雪冰，甜甜的芒果，脆脆的咖喱鱼蛋，鲜嫩烤鱼丸，都很不错。有的已名扬海内外，如张三疯奶茶，黄远堂的凤梨酥，黄胜记的肉脯，佟小曼的牛轧糖等，还有随处可见的各类伴手礼的凤梨酥，太阳饼，花果茶店等，整个鼓浪屿，称得上是不折不扣的街拍和购物圣地。

到鼓浪屿不得不提的是那像巨瓶的椰子树，数不胜数，大的足有六层楼高，有的甚至还望不到顶。除了椰树，还有千年大榕树，要三四个人才能围住。大榕树本来就高，而垂下来的须又细又短，听导游说，榕树的须还能再长长，当它碰到地面时，就会钻入土里，开始又一轮的生命。正如这里的人们，坚韧自信，勤劳勇敢，有着顽强的生命力。

夜色中的鼓浪屿，别有一番韵味。小店逛起来，比白天多了一份自若与柔情，只是店里的东西要比岛外的厦门本土贵一些，据说是因为鼓浪屿没有任何机动车，你能看到的一切，都是车夫们纯人力拉运的。偏爱各地风土人情的我，还独自走了一个小巷子，去捕捉鼓浪屿本岛居民的生活。

最难忘的是，我还与大海做了一次亲密接触。在海滩，脱掉鞋子，吹着海风，望着大海，心旷神怡！当海浪扑打过来时，我把手伸入海水中，感受海那似童年母亲怀抱般的温暖！随后，我又捡贝壳，捡小螃蟹，不亦乐乎。看着日落，看着大海，我忽然很感怀：人生啊，就这么短，每个人都是一颗沙粒，那么渺小，却又那么美丽。

　　厦门之旅就这样很快结束了，厦门的美丽动人，厦门的清新脱俗，厦门的悠闲淡定，厦门的沧桑温柔，在我心中久久回味。我知道，这种回味，不会仅在现在，也许是今生今世。收拾行李，购票上车，踏上归程，就这样离开了厦门，带着满足与回味，带着留恋与不舍。

张家界游记

七天长假期间，为了缓解一年多来的紧张与压力，领导特批我们一行十三人用一场疯狂的旅行，来庆祝单位项目成功申报。地点就选在张家界。

出发前三天，大家都很兴奋，开始在网上收集参考各种攻略。网上信息杂乱，多数攻略都已过时。最后还是决定找一家口碑好的网站，交专业人士来帮我们规划了行程。

一切准备就绪，我们轻装上阵，从芦溪包车出发。三个多小时的路程，在嬉闹与歌声中不知不觉就到了张家界脚下。天已近中午，我们恨不得马上就进去游玩。刚下车，就看到导游了，互相介绍一下，导游姓李，是一个不到二十岁的小帅哥。

小李介绍说，天门山高一千五百多米，古称云梦山，又名玉屏山，后因自然奇观——天门洞而得名。20 世纪 90 年代初，被批准为国家森林公园。天门山人文积淀深厚，有"湘西第一神山"和"武陵之魂"之称。天门洞终年氤氲蒸腾，景象变幻莫测，时有团团云雾自洞中吐纳翻涌，时有道道霞光透洞而出，瑰丽神奇，宛如幻境，似蕴藏天地无穷玄机。

我们决定乘坐世界最长的高山客运索道——天门山索道。上了索道，一种凌空飞仙般的神奇感觉油然而生，我又激动又兴奋,手脚都不知道往哪儿摆了。

坐索道时欣赏到的景色,美极了。鸟瞰遍地群山,视野非常广阔。依山的低矮房屋,错落古朴。暖和的阳光吻着脸庞,说不出的惬意。索道越攀越高,有同事开始叫了。臭美的同事小彭在索道里把同车的我推至一边,假装文艺,自拍一张,美其名曰:孤独的少女。说完了噘嘴,眯笑着对着我耸了耸双肩,索道跟着晃了晃。我心一颤,还好我没有恐高症。车外的雾气在慢慢消散,脚下的盘山公路似飞舞的彩带,犹如仙境一般。

天门山索道很长,近四十分钟才到终点。一到山顶大家就懵了,山上还有未融化的雪,才十月呀!虽然导游提醒过山上比较冷,但我们完全没当一回事,几乎都穿着单衣。简单吃过自带的午餐,为了不被冻僵,只好边吃边跺着脚。

首个景点是天门山三烈士。这时天空飘来一团很奇妙的云彩,像极了飞驰的百骏图,身处奇山峻岭之中,豪情壮志喷薄而出。我们整齐地排着,肃穆之感顿生。原本还在嬉戏打闹,马上严肃下来,这就是英雄的魅力吧?

接下来要去第二个景点,鬼谷栈道。栈道附近的树枝上系满了许愿红绸,不知承载着多少游人的美好愿景。站在随风飞舞的红绸林之间,感觉有点儿像惊悚片。大家赶紧双手合十,虔诚地许愿。我也默念:我爱的人和爱我的人永远平安、幸福、开心。

边玩边拍,继续前行,开拔天门洞。千百年承接天地万物灵气的天门洞,已成为人们祈福许愿的灵地。坐上没有封闭的小索道缆车,看上去像很危险,其实只是心理作用罢了。从缆车上往下看,之前乘坐索道上山时,只觉得洞眼蛮小的天门洞,宏伟壮观。以至那些登踏上天梯的游人,在蛮小的天门洞里,好似星星在天空一般。下车后我们童心大发,沿着石阶小跑,急得导游小李大声嚷叫。大家并不理会他,故意继续我行我素。

时间差不多了,大家赶紧回程,第一天的游玩告捷,山下司机大叔等很久啦。导游给我们安排了一家叫"我行我宿"的客栈住宿，还特别补充道：这很符合你们的风格。

第二天早上睡到八点才醒，慢悠悠地洗漱完，在酒店用完早餐，导游小李和司机大叔已经在楼下等着。大伙睡饱喝足后，个个精神抖擞。大概坐了四十分钟的车，到达森林公园。

在天下第一同心锁，拍照的游人特别多。爱凑热闹的小敖，又是买锁，又是留影。一会儿东，一会儿西，忙得不亦乐乎。大概是远离了工作，没有压力，我们在这里疯玩了好久。估摸近一小时，我们还在大门口附近磨蹭。导游催了，说照这速度天黑了都赶不上山呢！我们在刘领队的招呼下，来了张集体合影，再次出发直奔金鞭溪。

金鞭溪左右盘绕，两旁绿树葱葱，随处可见深深浅浅的花草，散发着各种芳香，令人心旷神怡。没有了都市的嘈杂，取而代之的是溪流轻淌，各种鸟儿啼鸣。一路美景不断，青石古道，清澈见底的溪水，沿途林木掩映，峰回水转，却是格外清幽，好像到了原始森林一样。时不时冒出几只嬉闹的小猴，顽皮地扮着各种动作，也不怕人，可爱极了。导游小李虽然年纪不大，却很专业地给我们介绍两旁的美景，哪是男女峰、母子峰、猪八戒背媳妇、神鹰护鞭、西天取经，哪是文星岩、紫草潭、千里相会等等。

景点介绍完后，幽默的小李笑着说，金鞭溪的空气最贵，这里每立方厘米空气中含八万至十万个负氧离子，在金鞭溪吸一口气值五美元，大家别矜持，加油吸！人家多是惊疑，但嘴巴却很配合，使劲地猛吸。我想，我们每人花费一千二百元人民币，四十口就回本啦。一天下来，还不赚翻了？

一路走走停停，并不觉得累。不久，看到了紧挨金鞭岩的神鹰护鞭。那是一座张开翅膀的老鹰山峰，对面还有一座山峰像醉酒的和尚，向金鞭岩倾斜十五度，要想偷走金鞭，但因为有老鹰的日夜守候，和尚也一直没有得逞，所以取名为神鹰护鞭。美丽的地方，产生美丽的传说，美丽的传说增色美丽的地方。这就是美美与共！人生何不如此？

金鞭溪走了大半路程后，我们沿着山路攀登。途中遇见很多轿夫，都是赤膊短袖上阵，这往上抬可要点儿本事。徒手的我们尚且觉得疲劳，他们会不累？不禁为他们的辛劳感叹。

走走停停将近一个多小时后，遇到分岔口，由于想节省体力，也想看看更多的风景，我们一致认同坐百龙天梯。电梯升到山顶，立刻又是另一番风光，漫山遍野，姹紫嫣红，淡雾缠绕，花香扑鼻。小李告诉我们，后面我们将看到更美的风光。后面的经历也证明此言不假，最后去的十里画廊风景应该也算不错的，但之前美景把眼养刁了，就觉得一般般了。这就跟人过日子一样，由差到好易，由好到差难啦！

从百龙电梯出来，坐环保车抵达迷魂台，开始游览袁家界景区。我们在吵吵闹闹中，轻松地到达了目的地。驰名中外的袁家界，以粗壮高大的石峰，繁茂生长的绿树，深达千尺的沟壑，构成了张家界最有特色的迷人画卷。奇山峻岭，千姿百态，美景堪称独特。深不见底的峡谷，自有原始大森林的感觉。迷魂台上，摄人心魄，魂魄像是要被某种力量吸走，却是甘愿，不舍离开。这或许就是这个名字的由来吧？

袁家界特别值得一看是后花园，只要一站在观景台上，无数石峰在峡谷中静静矗立，直插蓝天，似士兵列阵，似群贤聚会，姿态万千，气势非凡。天狗望月、海螺出水、将军列队等美景，被山坳和屏障有序地分列开来，使石峰群更显得鳞次栉比，蔚为壮观。前行到天下第一桥，感觉就像是到了袁家界的心脏，能把袁家界的景色一览无遗。山峰高耸入云，一座挨着一座。有的像沉思的老者，有的像健壮的猛男，有的像丰腴的少妇，有的像飞舞的仙女，它们齐刷刷地向你微笑，向你招手。一路上我们都在感叹，一路都在拍照。沉浸在美景中的我们，大家说以后还要带父母来玩一次，我也很心动呢！

第三天，我们在虫鸣鸟叫声中醒来。洗漱完毕，因为我们起得有点儿晚，早餐后太阳已经升得老高了，遗憾没目睹到日出。坐了一段环保车到杨家界景区停车场，这里有一个长长的走廊可以观景，已经艳阳高照了。

迈上仙人桥，不知为何路过这里的人们都要在这儿大喊一番，我们也跟着凑热闹。十几人的"啊"声此起彼伏，喊完之后顿感神清气爽。仙人桥由一块天然形成的悬空的山岩，充当桥面连接在峡谷之间。桥面不过一米半宽，两侧没有任何扶栏。桥下就是深达千尺的大峡谷。传说是向王天子的妹妹金花妹子被敌兵追到此处时，前面是悬崖绝壁，因为人困马乏，就在那里睡了一觉，在梦中一位黑脸将军手拿一把长剑气势汹汹地朝她猛劈下来，吓得金花小姐惊醒过来。她揉了揉惺忪的睡眼，只见一块巨石稳稳当当地搭在面前的两座石峰之间，万丈深渊变成了通途，此处为此命名为仙人桥。

众人走着走着，道路突然变窄，进入了著名的"一步难行"。以前这里是没有护栏的，走过去很惊险，所以才叫一步难行！果然，走过去以后，越来越艰难。为了看美景大家也是拼了，都屁颠屁颠地跟着走，翻山越岭的好不热闹。路上小李介绍说在乌龙山寨能看到更全面、更震撼的杨家界。什么金鸡报晓，什么原始大风车，处处石林错落，层层叠叠，地势险峻。

小李的话不假。穿过一线天，终于到了乌龙寨。可惜没有想象中的大，只有三座小平房的样子，依稀透出点儿匪气。中间摆了把大椅子，供拍照的游人使用。可从乌龙山眺望，千峰万壑尽收眼底。神兵聚会，怪石林立，霞光闪闪，云腾似雾。难怪那么多电影选择张家界作为拍摄地。我心想，如果给我翅膀，我一定哪儿都不去，就在这里尽情地自由翱翔。正想着，小李又催促了，我极不情愿地跟上队伍。

过了乌龙寨，下一个是天波府。到天波府可要爬上一座约十米高的垂直悬梯，面临巨大挑战。酷似经过九九八十一难，终于到达了天波景点。视野特别开阔，风景醉人。看过这里的美景，此生无憾。眼睛过足了瘾，该解决嘴瘾了。午饭是在山上一家馆子吃，看起来普通，味道却不错。

　　吃饱喝足，下一站是天子山。我们先是瞻仰了据说是世界第一大的贺龙元帅铜像。站在铜像下，我们显得格外渺小，一如我们凡夫与英雄的形象对比。之后，我们临时决定加游了神秘传说众多的"神堂湾"。由于该景点不是团队线路，故游客很少，一路上走走看看，很是闲逸。相传明朝初年，土家族的一个首领兵败受困于神堂湾，终支持不住整支军队跳崖自杀，每当阴雨天或者天气突变的时候，就能隐约听到崖底人喊马嘶的声音。离神堂湾不远的地方是点将台，下面的四十八将军岩栩栩如生，就像一个个整装待发的将兵。

　　进了天子阁，美景一个接着一个，让人应接不暇。大家看到那个手捧花篮的仙女了吗？顺着小李的手指，映入眼帘的就是鼎鼎有名的仙女献花。接着，小李又指着一个山尖，说那儿有条小船，这里常常弥漫着大雾，看起来就像一条船在海中飘荡，所以就叫石船出海。一路看着，不禁感慨大自然的鬼斧神工。

　　不知不觉就走到了十里画廊，这里的空气好极了，清新舒畅。许多游人坐小火车观赏十里画廊，我们是徒步的。道路很窄，但山峰耸立，特别是"采药老人""三姐妹"什么的，很是形象。游完十里画廊，我们的行程也宣告结束，上车后，与导游小李礼貌地告别说再见。可大家频频回首，觉得意犹未尽。

　　迷人的张家界，让人流连忘返的人间仙境，我们何时再见？

石溪的"变脸"

十余年未去过石溪，概念中的石溪农村还是穷乡僻壤的样子。

去年五月，我随一个调研团来到华云石溪，在当地组织的安排下前往武功山管委会华云办事处参观新农村建设示范点石溪村。

石溪村我去过，2005年9月因为工作关系我调往大安中学任教，去这个村的学生家家访。那天，天空下着蒙蒙细雨，道路泥泞，坐在公交车里一路颠来簸去，就像观看动作电影一样。所幸，司机熟悉路况，驾轻就熟才免遭"抛锚"。但是，返回时还是"搁浅"了，车轮陷进半米深的泥坑里，弄到天黑只得弃车徒步返回芦溪县城，发誓今后再也不到这个鬼地方来。

一出县城我还心有余悸，赶紧抓紧扶手。

我们驱车上国道，转旅游公路，走乡道，行村路，都是平坦的沥青或水泥马路，只是宽窄的差别，一路上，青山碧野，绿树红花直扑眼帘，溪水潺潺，鸟语啁啾，如乐入耳。进入石溪村，行驶了好长一段路，没有一点儿颠簸的感觉。我诧异地询问负责接待的同志：这是石溪村吗？他说是。我扭过头去，窗外一条硬化了的马路像一条黄白色的彩带蜿蜒在田间地头。

村委会已不再是砖木结构的平房，取而代之的是两层楼房。两块醒目的条型牌子挂在楼门两边，很正规，就像城市里的党政机关一样。

我们跟随着村委会主任彭主任去往村子。田间的坎坷小路已变为通衢大道。滋润庄稼的甘露在水泥凹槽上欢快地流淌。通村路旁，整齐漂亮的景观树，欢迎远方的来客，休闲农庄里灯火闪亮，村头的池塘里鱼儿也在歌唱。一栋栋形似别墅的小楼，一个个抹有蓝灰色外墙的小院呈现在眼前，其格调，其色彩让我有一种进入徽派民居的感觉。彭主任告诉我们，自开展新农村建设以来，他们在原民宅的基础上进行改造，获得县里的表彰。

行走在祥和静谧的乡村里，任凭暖风吹来久违的天籁清韵，漫步在生机勃发的田垄上，或静坐在一棵百年老树下，远看着西山慢慢退去红艳的晚霞，祈望着萤火虫点起童话里的灯笼，让人怎不重温起少年岁月的梦想。

田间水稻长势旺盛，一大片，一大片，绿油油的，远处望去，就像铺了绿毯，虽然春天雨水过多，但由于管理得当，加上农田改造到位，沟渠早就建成，排水性好，所以，丝毫没有影响到禾苗的生长和谷穗的质量。彭主任脸上洋溢着幸福的笑容，告诉我们说："村委会出资把所有的村道修宽，打上了水泥，修建了环绕农田的小水渠，再也不愁旱涝。"

彭主任还向我们说明了新农村建设水利改造的几大好处，首先是农民增加了经济收入，跟过去相比，每亩要多收入几百元；其次是建好了路，修好了渠，生产条件大为改善；还有一条就是农村更加和谐稳定，农民有事干了，原来成天聚在一起打牌的现象绝迹了。

农民富了，村后山坡上如雨后春笋般拔地而起的小洋房就足以证明，推土机把整个小山包几乎推平，村民的房子先后一座一座建起来，一座比一座大，一座比一座漂亮。家家户户，房前屋后，鸡鸭成群，果树满园，翠竹挺立，蔬菜茂盛，一派生机勃勃的田园风光。

彭主任说："还有一部分村民前些年就到外地打工，现在基本上站稳脚跟，发展比较好，我们石溪村的群众到广东打工的比较多，主要是做服装、建材等生意，一到春节，便开着自己的小车风风光光地回家过年，穿得比城里人还洋气呢！"

我们一行边走边聊，来到了石溪河畔。秀丽的石溪河，似一颗镶嵌在村庄路边的碧玉。河岸边，农家乐"石溪人家"前人头攒动，景点"石溪部落"欢声笑语，四通八达的输水管越过山路，穿过花香，涓涓细流，流进村庄。河岸两旁的小楼拔地而起，乡村道路不断延伸，山区农村有了休闲广场，父老乡亲在这里健身；广场和街道上，路灯把夜幕推向远处的天空，多得像夜空中的繁星。

在彭主任的引领下，我们又参观了村办的"天天上矿泉水"工厂，离厂门还有一小段路，就可以听到里面机器的轰鸣声，心里就勾画出了一幅热火朝天的画面。走进工厂厂区，进入了干净的厂房，从来没有见过这么干净的厂房，我心里想到。工人们都在聚精会神地生产，一瓶瓶"夯实"的矿泉水被就从他们的手尖"滑"了出来，仿佛是变魔术一样。看着今天的成功，工人们的脸上不由浮现出了满意的微笑。

彭主任介绍，石溪村开展新农村建设，尤其是成功申报"全国文明村"以来，发展非常快。现在人均年收入已达到近八千元。大部分村民已过上衣食无忧的小康生活。在这样可喜的成绩面前，村民们没有满足，在村委会的带领下，石溪村正在乘胜追击，准备再接再厉，在原有的基础上更创辉煌。今年，我们就有好几个项目要动工呢！彭主任嘿嘿笑道。

路上，彭主任指着路边一栋青瓦灰墙的小房子说那是改造后的公厕，像这样的公厕全村有好多，由村委会统一管理。我们不约而同都有些惊诧：乡间的路上都有了和城市一样的公厕！

村民们很热情，纷纷邀请我们到他们家里做客。我们走进一户村民家的院子，眼前一亮。地面硬化、平整，打扫得很干净，摆放着不少绿色植物，一点儿没有过去农宅那种臭气熏天的猪粪牛屎味道。两层小楼，一楼不住人。我们上了二楼，四间卧室，门很精致、漂亮。每间卧室就像饭店的套房一样，里外两间，现代家具与仿古木雕画融为一体、相得益彰。我原以为这算是当地较富裕的人家，一问方知道也是平常人家。据主人介绍，他的子女有的就在村子里的天天上矿泉水厂上班，有的到大城市务工。他们家这几年人均收入有八九千元。

展望石溪村的各个角落，随处盛开着文明的花朵，观察石溪村的家家户户，随时绽放着幸福的笑容，审视这石溪村人的内心，洋溢着的是富有特色的石溪文化。

"钱袋"鼓了不算富，只有"钱袋"和"脑袋"都充实了，才是和谐社会富裕的真正体现。石溪人明白这一点，也实践着这一点。在建设新农村的热潮中，他们不照搬别人的做法，而是从自身实际出发，充分发扬已有的资源进行深入开发拓展。将绿色文化与孝德文化融为一体，将精神文明对物质文明的支撑与激励作用，千方百计地迸发出来。去过石溪村的人都深知，这里的人特别淳朴，特别好打交道。这一切都是与石溪村长期坚持用先进文化来熏陶人的措施实现的。走进石溪村村部，图书室、远程教育中心一应俱全。时时都有村民来这里获取精神营养，学习致富本领。在新农村建设的热潮中，石溪人正奏着嘹亮的凯歌，阔步在奔向全面小康的光明大道上。

一日所见所闻，令我们感慨万千，如今党的富民政策好，政府十分关注民生，重视农村，新农村建设初见成效，农民生活水平提高了，社保、医保，方方面面有保障。农民越来越富了，农村越来越美了，清新的空气，优质的水源，优美的风景，宽敞的住房，无污染的蔬菜，这可是很多人向往的啊！

　　同去的一位朋友参观完石溪，放眼如画风景的村落，羡慕道：我都想在这里买几亩土地住下来！

秋游天堂寨

壬辰年秋，我受单位派遣去参加在安徽省六安市安徽皖西卫生职业学院召开的全国"华夏之友"联谊会三届六次年会，各学校共有一百四十余人参会。会后与大家一起考察参观了六安市大别山天堂寨风景区。

天堂寨是一个山美水美人更美的地方，据说还是华东地区的最后一片原始森林，天然氧吧。素有"吴楚东南第一关"之称的天堂寨，其间雄关漫道，崇山峻岭，气势雄伟壮观，茂林修竹，龙潭飞瀑，奇松怪石颇多，主峰天堂寨海拔1729米。

早上八点，上了去天堂寨的车。车在山间一路飞驰，两旁的景色就已让我眼花缭乱。远处青山环绕，百花竞放，或紫或红，或粉或白，点缀于山间，宛如云朵，优雅飘逸，规整的层层梯田和黄灿灿的油菜花，成片如海，让人怦然心动。身旁近处，青山绿树盈盈，间或有溪自山顶顺流而下，或促或缓，或俯或仰，飘过车窗，清脆响耳，清新扑面而来。

十点左右，经过大约两小时的山区盘山公路，来到天堂寨景区大门口。购好门票，我们一行人迫不及待地鱼贯而入。秋天的天堂寨，空气格外清新，只是温度略有点儿低。大家一路说笑着，迎着天堂寨初秋温暖的阳光，投身山的怀抱。

我们百余号人，浩浩荡荡，像一条蜿蜒巨龙，沿着石壁上的栈道，呈之字形向山顶进发。走在前列的我，偶尔回首，感觉自己就像那龙头，竟有些莫名的自豪。环顾四周，树梢枝头都挂满了一串串的小水珠，这应是昨夜天冷的杰作。伴随阳光初照，水珠点坠，一滴连一滴，似玉落石盘，悦耳清脆。继续往前走，开始还有台阶，后面路段却多是泥泞土路，石林相间，沟壑纵横，有原始森林的感觉。

　　登山路上，瀑布成串。一阵艰难跋涉，终于见到了著名的九影瀑。九影瀑，顾名思义，莫非有九个？我妄自揣测，可直到我们离去，只见到一个，心中疑惑并无答案。但九影瀑布，的确壮观，这一点没让我失望。只见它凌空而下，一泻千里；潭内雾气腾腾，水声澎湃，乱花四溅，远观似千军万马，气势磅礴地奔袭而来。

　　再向前走，便见泻玉瀑布依山而下，撒在池中，间或有花瓣与树叶飘飞坠落，顺水漂移，好一个花自飘零水自流！此处的瀑岩呈淡紫色，略微倾斜，岩面凸凹各异，参差不齐，水流其上，似滚珠泻玉，恰如其名，叹为壮观独特。水流继续朝下飞奔，经过一块石坪，溪水变得格外透明清澈，诠释着清泉石上流的意境。岩上的凉亭，静静伫立，与瀑布四周碧树俊峰，交相辉映。游客行走其间，风清气爽，轻松惬意。

　　我们一行，决定在这里小憩片刻，并非仅为除疲去累，更是为莫负此番美景。恢复体力的我们，一口气游历了瑶池、雷劈石、龙剑峰、龟松争寿等景点，视觉满满当当，收获鼓鼓囊囊。约两个小时的饱餐秀色，终于到达屈原问天，横在面前的是一条石阶山路，又直又陡。别无选择，往上爬吧！可窄窄的石阶，只容一人通过，我们互相手连着手，一个接一个，累得气喘吁吁，差不多每两三个转折，都要歇一歇。但攀着攀着，也就暖和了些，微微出汗，竟倍感舒畅。终于攀抵骆驼峰，感觉到身上大汗湿背了。

攀立在骆驼峰顶，远观山峦跌宕，群峰叠嶂，云海翻腾，一望无际，美不胜收。近处峰林其间，那片片被秋染红的枫叶，优美似诗。我的心被它感染了，感动了，情不自禁地摘下一片，看着，闻着，那枫叶的红，让我想起了关于这里的许多红色故事。看天堂寨里草木葱郁，乱石飞瀑，青苔斑驳，娇艳脱俗，心仿佛被这景染醉了。

下山时，一路奇松怪石，山花灿烂，也是美景如画。什么盆景园，什么淑女瀑，数不胜数。途中，我们遇到了十来个背负大包小包的游客，他们找了几个挑夫，替他们挑着行囊，一个个累得大喘粗气，正朝下走。不由心生感慨。其实，人生就像登山，太在乎那些繁复的身外之物，反而是累赘，一路必定辛苦；相反，简单前行，则身心轻松快乐。

顺着台阶往下，抵达山脚时，天色已晚，一片朦胧。到了来时停靠的饭店，迎接我们的是一顿丰盛的当地特色宴，十大碗、吊锅、天堂泡菜、红豆腐、小吊酒足以让大家乐不思蜀。

天堂寨的山，没有嵩山的雄，没有峨眉的秀，没有武当的俊，也没有庐山的美；天堂寨的水，没有丽江的清，没有天池的澈，没有九寨的碧，也没有西湖的绿。但天堂寨的青山绿水，犹如一幅天然的水彩画，给人一种清新脱俗和诗情画意。

返回家里，饱览天堂寨之美的我，心情似乎还沉醉其中。于是，提起笔，来了一个脱俗之举，填写了一首《临江仙·游六安天堂寨风景区》词：

晨雾渐开拨紫日，赶追一路霞光。鲸鱼出海马头扬。林间飞鸟闹，处处是天堂。淑女瀑前窥淑女，将军岩下思量。几多先烈染疆场。后人应奋起，前事莫相忘。

词难达意，聊以纪念。

上 海 印 象

上海，对我来说，是个既熟悉又陌生，既失望又喜爱的城市。

说它熟悉，是过去生活中的许多奢侈品，如上海缝纫机、永久牌自行车、海鸥照相机、上海牌手表、回力球鞋、百雀羚润肤霜等，多用上海冠名，老百姓吃的、穿的、戴的、用的，曾以买到上海货为荣；另是幼小耳边频频充斥着"上海"一词，次数多得起茧。那时，对于我们兄妹的种种不满意，父母责备的最好说辞就是：长大了有本事，就去北京上海！还有发哥版的《上海滩》，曾经的年少疯狂，更是加深了我心中对上海的向往，不知多少个梦里，上海都如约而至。

说它陌生，是因为我直到2012年，才第一次走进上海，来到了被誉为"东方之珠"的魔都之城。这年十月，为了单位一个项目申报，与两位主要领导一起，去参加了在上海举办的专家培训会，三日行程。

那次，我们启程坐的是晚上的火车，一觉醒来，我睁开惺忪的睡眼，天亮了，我贪婪地看着窗外的景物，目之所及已是上海了。马上就要踏上梦想的地方，我不免有些小激动，窗外的一切都那么新鲜好奇，我由衷地失声感叹。谁知我的声音，引来了对面一位年轻美女的轻蔑冷笑。我有点儿生气，恨恨地瞪了她一眼！我就是农村人，没见过世面，怎么啦！我就是土气，我乐意！你有啥了不起？我撇了撇嘴，口中没说，心里却这样想着。

下火车后换乘公交，刚才的不服气愈加强烈：这样的环境，家乡农村什么年代才能跟上啊！正在感慨时，前面堵车了，停下苦等。上海的公路四通八达，天桥随处可见，官方的说法就是上海的交通车水马龙，比较平民化的说法则是上海的交通水泄不通，我总算亲身体验了一把。刚才的美好初恋，心里打了折扣。透过玻璃窗，不免有些想念家乡，想念家乡秩序井然的交通，想念家乡种种的好。

抵达旅社，安排好住宿，泡完澡，已经很晚。因为第二天有工作任务，我们早早睡了觉，养精蓄锐。第二天的会议内容多，安排又紧张，时间都在旅馆度过。第三天中午会议结束，买票返程，时间是傍晚五点。正当我为第一次上海之行，仓促来不及看一个景点而遗憾时，领导同意去逛一逛南京路。

南京路，即使对于一个天生不喜欢逛街的人来说，都是个不错的选择，商场遍地皆是，柜台里的商品琳琅满目，档次有低有高，上海的美丽与繁华，上海的摩登与亲民，都在这里得到很好的诠释。由于时间太仓促，我们只能一路走马观花，沿途的景致与见闻，印象模糊得很。

坦率地讲，来到上海的第一次，或是遭遇堵车，或是时间太仓促，亦或是带有工作任务，给我的感觉并没有惊喜，也没有陌生感，心情淹没了这里的繁华。一句话，自己心里溢出的却是对上海的丝丝失望。

第二次的上海之行，则是送女儿读大学。2013 年 8 月，我和妻子为考取上海大学的女儿送行。

第一天，报到注册，置买生活用品，安排食宿，熟悉校园环境，非常顺利，半天就全部办好了正事。有了第一次的经验与遗憾，加上这次纯粹是私事，没有什么压力，时间又可以自己掌握，因此，我决定这次好好看看上海。回到旅馆，一家三口详细研究了一番，准备次日清早出发。

有了上次的堵车经历，我们首选地铁出行。刚进地铁站，就给我不一样的感觉，整洁宽敞，豪华气派，比起地面的堵，上海的地下交通却是另一番景象。

上海的地铁非常便捷。上海地铁有八条运营线路，分布均匀，四通八达，换乘点也多，换乘大厅装饰大方，蔚为壮观。我喜欢观察地铁的路线，喜欢听播音报站的英语，往往这时，我又会毫无逻辑地将家乡和上海联系，以回应内心对上海的曾经的幻想！

上海街头流行普通话。曾听朋友说，上海很是排外，讲普通话会被人瞧不起。身临其境后，才知那纯粹是误会。行人，闲聊，购物，街头巷尾、车站地铁、商场楼宇，飘进耳朵的多是普通话，也有英语，偶尔有本地话，人人悠闲自信，神采飞扬。这或许正是上海包容与融合的结果吧，包容的上海充满魅力。

就是偶尔聆听到的上海话，也给我柔声和酥软的感觉。记得在公交车上，我前座的两位老太太之间对话，不急不缓，细声软语，极为好听，像拉扯家常，又像少妇撒娇。我闭着眼，竖起耳朵，享受这样的氛围。

出了地铁站，看到一家不起眼的早点摊儿，我们就直接进去点餐。没想到，这里的葱油饼，让我难以忘怀，至今想起，余香犹在。刚刚做好的饼，散发着浓浓葱香，一口咬下去，十分香脆可口。毫不掩饰，我对上海的印象就是从这口葱油饼开始的。这次的小吃，终于让我体会到了上海的味道：小而精致，质朴典雅。

上海的建筑时尚气派。上海的超高层建筑多，风格各异，设计精巧，很是时尚，如金茂和环球金融，可算是上海的名片。

另外，这里还有许多陈旧的建筑，尤其在晚上，昏黄的路灯，播撒在这些富有时代特色的旧建筑，潮流与怀旧兼容，让我想起了一代儒将，首任市长陈毅元帅，想起了解放上海时，露宿街头那些可爱的人民子弟兵，也想起了黄金荣、杜月笙、百乐门，甚至可以想象一百年前的上海是多么的潇洒，散发着风流倜傥的迷人气质。

上海的小吃味美独特。上海的馄饨和叉烧，是我十分喜欢的，尤其是上海灌汤包，味道鲜美得很。要吃汤包，最有名的要数南翔小笼，可惜的是，口味稍微咸甜，略有点儿不习惯，因为我是赣西人，辣味重。另外，上海的生煎也好吃，吴江路的"小杨生煎"的生意异常火爆。第三天的早上，我和妻女儿三人，特意跑过去品尝。当然，上海也还有其他太多的美食，不过那些我不太感兴趣罢了。

上海的夜景迷人心魄。上海的夜景闻名于世界，像陆家嘴、外滩、南京路步行街、豫园等，都久负盛名。东方明珠电视塔、金茂大厦、天下第一弯的卢浦大桥，所到之处，气势恢弘，令人目不暇接。初秋的夜晚，没有十足的月色，偶尔会有些雾。雾汽氤氲的上海展现了一种水墨之意：黄埔江畔，碧波荡漾；城隍庙内，人头攒动；沧桑老街，绚丽多彩；欧式建筑，浪漫唯美。作为现代化国际大都市的上海，生活节奏非常快，熙熙攘攘的人们，行色匆匆。上海几乎没有夜晚，有的是看不尽的繁忙。即便是晚上，这里也是灯光如昼，人山人海，让人分不清是白天还是夜晚，人们或约友或谈事，或购物或散步，都在感受着大都市的气息。

去上海，尤其是观夜景，不得不去外滩。资料上说，外滩又名中山东一路，全长约三华里。东临黄浦江，西面为哥特式、罗马式、巴洛克式等几十幢风格各异的大楼，不愧有"万国建筑博览群"之雅称。外白渡桥与吴淞路闸桥的丰姿，黄浦公园的俊

巧，防洪墙的匠心独具，以及大楼与江水交相辉映，美不胜收。浦江夜游，更是别有一番情趣。远远望去，只见江边在霓虹灯的衬射下，千变万化，或红或绿，半紫半黄，真是五光十色。在这里，极目远眺或是徜徉其间，都能感受到一种刚健和雄浑，雍容与华贵的不凡气度。

　　第二次的上海之行，让我忽然对这个城市产生了极大的好感，甚至莫名地深深爱上了它！比起第一次，感觉上有了天壤之别。我想，更多的是，与女儿将在这里生活四年，甚至可能扎根这里有关吧！

千灯周庄二日游

2013 年 8 月 11 日，我携妻子送女儿去上海大学读书。办完正事之后，游览了几天上海的主要景点，正漫无目的，优哉游哉时，忽然想起了一个熟人，定居江苏昆山的李笑龙。

李笑龙，家乡源南乡人，是我的学生，九七届毕业生。在校时，李笑龙聪明好学，尤喜好书法，写得一手好楷书，因我也有此爱好，他与我走得较近，由于有共同的爱好，年龄也只差六七岁，所以我们之间，可以说亦师亦友。不过，听说他如今在昆山有自己的公司，事业不错，忙得很。

我拿起电话，正欲拨打，妻子在旁善意提醒说，这样唐突麻烦人家，不好吧？手指悬在按键上，我在犹豫。妻子说的并非毫无道理，毕竟十六年没再联系，还记不记得？现在有没有时间？想了片刻，我还是试着拨通了电话。老师，我开车到地铁口接你们，电话那头传来了滚烫的声音。手机似乎也热得烫手，一股暖流遍布全身。我们乘坐十一号线地铁，二十五分钟就来到了昆山花桥。在出入口的正对面，李笑龙已在那里等候多时。当晚，热情的李笑龙夫妇款待我们一家，安排住宿，并决定第二天去逛逛千灯镇和周庄。

千灯古镇位于长江三角洲，隶属江苏昆山市，离苏州市三十五公里，距今已有二千五百多年的历史，千灯原名"千墩"，名出吴越争霸。千灯镇，是明末清初杰出的思想家、文学家、爱国学者顾炎武先生的故乡，又是昆曲的发源地，文物古迹众多，秦峰塔、余氏典当、明清石板街、延福寺、顾坚纪念馆、千灯馆、顾炎武故居、顾炎武墓地、顾园等。

下了车，百米开外就看到一个牌楼，上面刻有四个鎏金大字：千灯古镇。笑龙替我们购好门票，因临时有事，不得不先忙去了。我们一家三口，就按门票介绍，自行游玩。第一处到达的就是著名的"余氏典当"。据载，当铺最早产生在中国的南北朝时期，是佛教寺院的一大贡献，时称"寺库"，余氏典当始建于明末清初徽商余氏的老宅，千灯人称它为"典当里"。余氏的祖先余爱山，于明代万历年间自安徽休宁县迁来昆山千墩吴家桥开店经商，余氏极具经营敛财头脑，收入颇丰，古时里人称"吴家桥"为玉溪，并称余氏为"玉溪余氏"。

典当行是一座前店中厅后宅的双排四进明清古建筑群，占地三千多平方米，建筑面积一千五百多平方米，是华东地区保存最完整，规模最大的典当之一。老式的当铺门前有木制栅栏，纯属自卫，并非如传统所说，当铺是牢狱犯人开设的。典当行里的长廊，曲折狭窄，但暗香幽静，感觉很舒服，其中的余氏"立三堂"，风雨沧桑三百多年，依然如故。给人一种神秘感或是历史感，我喜欢至极。

继续往前走，来到了古镇闻名的凝熏桥和恒升桥。蜿蜒的小河上，傍河而筑的民居，形态秀美的石拱桥，游人游船如织。桥的两旁，有许多拍古装照的，尤以女性和儿童居多。妻子和女儿也兴奋地嚷叫，拽着我合影。

千灯石板街，据说是"江南一绝"。石板街始建于南宋，明清进一步修缮，民国三年又以重金聘请青浦县朱家角筑路名匠王世昌重新整理修缮，遂形成今天纵横交错，贯穿古镇南北的格局。也是江苏省内保存最长、最完整的古石板街，是昆山市重点文物保护单位。行走于古街窄巷石板之上，两侧楼宇挑檐而出，小楼相依。石板街与尚书浦平行，南北贯通，并连接支路，全长三华里，其主干道长八百米，由两千零七十二块条形花岗石板铺成。

天公作美，艳阳高照。和煦的阳光洒在古墙上，透出斑驳之影，像一幅唯美的图画。行至延福寺，刚进入寺院，宏伟气势的秦峰塔，映入眼帘。特别是玉佛殿，门面大气，恢弘壮观。这里有一个世界第一大的玉卧佛，旁边放着吉尼斯纪录的牌子。卧佛十分形象，大而逼真，令人震撼。我边走边看，心想：佛像大小无所谓，关键是心里有佛，心中向佛！与世无争的佛，怎么也在乎世界第一？

攀上二楼，风景还算不错，俯视寺庙，几乎一览无遗。左侧有一个钟，免费敲打，一般三下。旁还放置一个功德箱，供游客投香火钱。我虽不信佛，却一贯敬重，心中默念着祷告，原谅我刚才心里的不敬，虔诚地敲了三下。

不知不觉间，我们走进了顾坚纪念馆。馆门入口处，横立一块刻有"昆曲发源地千灯"的石碑，阳光下金光闪闪。顾坚，千灯人，元代的南曲大家，昆山腔的创始人，是昆曲的鼻祖，因此千灯被公认为昆曲的发源地。纪念馆原是顾炎武十二代孙，顾子玉的三妹夫家谢宅，由顾子玉于民国初时建造。游历其间，感觉纪念馆像是一个名副其实的小花园，屋前屋后，花团锦簇，漂亮极了。

刚进纪念馆，就看见有一戏台，下面整齐地摆放着桌椅，让人有宾至如归的感觉，像是家乡的茶楼听戏。我原以为只是摆设，看看而已。正欲移步，看到好多游客，似乎都在等着什么。一打听，才知道半小时后有演出，此时表演者还没有来。一会儿，陆续来了人，大厅已基本坐满，听口音判断，多是当地居民，看来此地成了群众平日闲聚场所。我们决定休息片刻，顺便听听原汁原味，享有"百戏之母"的昆曲。尽管不懂，但我喜好笛子，心想多少应该有些相通吧！

出了顾坚纪念馆，来到了千灯馆。千灯馆，顾名思义，灯具的展览地。看之前，我想，千灯千灯，只是一个号称，未必有这么多。谁知馆内居然收藏了从原始社会到近代的灯具，共一千一百三十三盏。古陶的，挂壁式的，唐三彩的，玻璃的，异域风情的，各种油灯，一应俱全，令人叹为观止。

千灯镇，除了水乡古镇风貌，此行印象给我最深刻的就是顾炎武故居了。为了保护历史遗存，传承历史文化，当地政府投入巨资对故居进行全面修缮。如今，顾炎武故居占地六十亩，建筑面积五千四百五十平方米，规模之大，确实有点儿出乎之前的意料。

顾炎武"天下兴亡，匹夫有责"的理念，就来自他的《日知录正始》，这一传世警句名句，激励着无数仁人志士抛头颅洒热血，报效国家。纪念馆内庭院深深，处处典雅气象。前有百花异草，绿树成荫；后有苍劲朴树，古老沧桑。亭台楼阁，池中倒影，秋花灿烂，馨香宜人。徜徉其间，还真有点儿物我两忘。

重回现实，步入顾园。顾园占地三十亩，位于故居西南侧，与故居祠堂及墓均相通，是依史恢复修建的融湖光水色，历史人文为一体，具有江南私家园林风格的游览区。园内曲水环绕，大致有致用阁、思宜园、颂桔轩、秀石虬松庄、秋山亭、三徐居、慈母阁、四柿亭、碑廊等十个景点。几乎每一景点，皆字画和诗文同具，塑像与语录共兼，多寓意着亭林先生的精神和生平，实在妙不可言。

傍晚六点，忙完急事的笑龙，早备好了晚餐。菜很丰盛，辣味对口，大多数叫不上名，只有那叫奥灶面的，脆香柔软，回味无穷，一问，原来是昆山特色名吃。

第二天照样起了大早，从笑龙家驱车到周庄。一路上笑龙告诉我，景区的房子很复古，景色也漂亮！我笑着说是啊，毕竟有快千年的历史了。好在路好走，没有七拐八绕，我们只用半小时，没多久就到了周庄，一看时间，正好八点。

周庄，原名贞丰里，后因北宋时期，一位姓周的迪功郎因信奉佛教，将两百亩庄田捐给当地全福寺作为庙田，老百姓为了感激其恩德，把贞丰里改为周庄。周庄，地处苏州昆山市、吴江市与上海青浦县，三县市交界处，是一个有着九百多年历史的江南水乡古镇。它以悠远的传统，淳朴的民风，古老的建筑，清澄的河水和充满传奇色彩的人物，成为一片极有诱惑力的旅游胜地。

下车停好，迎面也是一个古色古香，气派的牌楼。清早人还很少，在五彩朝霞的衬托下，散发着淡淡的幽美。我拿出相机，拍下这唯美的静谧的一瞬。

第一站，参观了陈逸飞之家。或许是自己孤陋寡闻，对陈逸飞一点都不了解，回后查百度才知一二。陈逸飞，生于宁波，著名油画家，文化实业家，导演。1965 年毕业于上海美术专科学校（现上海大学美术学院）。1980 年旅美后，专注于中国题材油画的研究与创作。陈逸飞以"大美术"的理念，在电影、服饰、环境设计等诸多方面，都取得了许多创造性成就，成为文化名流。是闻名海内外的华人艺术家。

到周庄，不去沈厅应算是一大憾事。"身为江南首富，沈万三，不仅是一个人名，还是财富的象征呢！"已来了多次的笑龙对我介绍说。接着，笑龙递给我一些关于沈万三的资料。资料上说，沈万三是周庄的一个富豪，在全国名气很大。那时，朱元璋为帝，因为连年打仗，国库空虚。他想在南京修城墙，富豪沈万三分到修建城墙三分之一的任务，当时沈万三想借机讨好朱元璋，便爽快地拿出银子，不久城墙建好了。沈万三非常高兴，于是他想犒劳一下建墙的士兵。谁知这件事让本就眼红沈万三的朱元璋知道了，朱元璋大怒，想把沈万三杀掉，多亏文武百官求情才免一死，把他发配云南充军，落得个家破人亡，全部财产也都充公了。他只有一个孙子逃了出去，为沈家留下了一条根，才有了今日周庄的沈厅。

江南民居之最的沈厅，并不是沈万三的故居，是由沈万三后裔沈本仁于乾隆七年，即1742年所建。厅内七进五门楼，大小一百多间房屋，占地两千多平方米。其规模宏大，布局严谨，雕梁画栋，古朴精美。然而，所有门面极为收敛和平常，显示沈万三后裔吸取了祖上教训，深知家富不可张扬。尽管如此，我游览一遍后，依然万千感慨：五百年沧桑，大户风采，气派依旧。

紧挨沈厅的张厅，上游有一个叫双桥的景点，让我最是难忘。双桥，其实就是世德桥和永安桥两座桥，因两桥相连，故称双桥。双桥一侧的河道，白天是饭馆，晚上就成了酒吧，混搭双用，经济实惠，聪慧的周庄人，处处有哲学！

周庄近年名声大噪，旅美画家陈逸飞，以及他的《故乡的回忆》，居功至伟。水乡油画的背景就是双桥，不知迎来了多少游客，慕名前来。从此，周庄古镇的神韵，走向了世界。这里，也已成为了周庄的标志性景点。

张厅的"轿从前门进"，是接待一般宾客的地方，布置着简单的座椅和茶具；张厅的"船"，象征着财富的金元宝从家中过。古色古风的建筑，后院寂静的花园假山，历经多年沧桑，诉说着昔日的繁华。最特别的，在张厅还有一个"人生如戏"的哲理对联：古今来色色形形无非是戏，天地间奇奇怪怪何必当真。

笑龙夫妇和我们一行五人，慢悠悠地逛着，出了张厅，竟然已过中午。我们决定，先喝茶再吃饭，下午坐船游玩。

周庄古镇依河成街，美丽的河水就像一面硕大的银镜，当我跨上船头，船突然动了一下，我心里一惊，差点儿掉到水里去。为我们摆渡的是一位船娘，摆着乌篷船，着淡蓝色花布上衣。摇橹时，船娘会根据我们的兴致，时不时哼唱一曲江南小调。碧蓝的天空下，游客乘船穿梭，平静的湖面随着船的前进，荡起一条条小波纹，感受水乡慢节奏，船行古道水巷，非常惬意。在这里，我们愉快地划荡了近三小时。

上岸后，我们参观了此行最后一个景点，台湾知名的连锁企业的纸箱王。时已临近六点，在周庄古镇的人文空间，邂逅纸箱王的创意特色，再漫步纸箱故事馆与创意餐饮，你会惊讶，纸和生活，竟可以玩味得如此和谐！

游玩结束，女儿大概累了，有些磨磨蹭蹭。我们来到了一家特色酒店，主要目的是品尝万三蹄。"家有筵席，必有酥蹄"，小巷两旁的橱柜，眼花缭乱地摆放着大红猪肘子，似乎成为江南水乡的标配。

周庄是典型的江南水乡，有人把它比作"威尼斯"。也有人游后，如此说："上有天堂，下有苏杭，中间还有一个周庄。"而我的最大感受是，周庄是人间无法重造的最美水乡！

评论：

"下层"光度之文风

—— 粗读邓才升先生散文集《拨响尘封的心弦》感言

谭青才

　　和邓才升先生认识好多年了，当时他是我合作项目单位的一位工会主席。我与他，工作上，既无交集，也无来往，见面只是礼节性点点头。起初，邓才升先生给我的基本印象是：胖墩身材，笑容可掬，直言直语，老实憨厚。随着合作的深入，我在该单位听多人说起，邓才升先生"博学多才、能文善诗"。恕我直言，刚开始，我很是将信将疑！心里说：不太像多浪漫呀？直到那次，邓才升到我们东莞一合作的实训单位去看望他们学校在东莞的师生。当时，邓才升一行恰逢公司总经理吴杰接待。时值中午，我尽了一次地主之谊，与邓才升先生一起吃了一个便餐，那次，是我第一次与邓才升先生正儿八经的接触。

　　记得邓才升先生，当时非常热情，也很得体。用餐期间，整个餐厅气氛温馨轻松，我们边吃边聊，交谈甚欢。当日时间比较充裕，我与邓才升先生之间交谈的话题很宽泛，内容也轻松。聊着聊着，不知不觉间，彼此的心似乎越来越近了。在这里，我不得不说的是，邓才升先生很谦逊，很健谈，也很幽默，知识面广而博。他的话语，总是富有哲理与深度，一如他自己散文集《拨响尘封的心弦》中的篇篇散文。我想，这大概与他大学期间修的哲学专业有关，更与他颇具丰富又坎坷的生活经历有关。尤其是当他说道，"其实人一辈子，都活得不容易。君子之交淡如水，最好"。听着听着，我当时，确有一种相见恨晚之感。

有了这次的"初恋"，与邓才升先生走向"热恋"，似乎是水到渠成。此后的我，一有空闲，就会找邓才升先生在网上聊天，内容不定，天南地北。如此交往，我与才升先生之间，年龄职业和生活经历，几无障碍。有了求同存异，多会找到许多共同的语言。随着我与他交谈次数与深度的叠加，彼此间友情不断加深。

去年的一天晚上，我和邓才升先生又在东莞见面了，在一次喝酒聊天的时候，从他的口中得知，他正欲出版散文集之事。当时我的心就一动，替他高兴。来不及更多琢磨，我就脱口而出："何时可以拜读？何时赠我一本？"又过了几天，邓才升先生给我打电话，说他的散文集就要排版了，让我帮他看看，最好是能"指导指导"。"指导指导"，我当然知道是客套话，但凭我们间的友谊，我似乎是该为邓才升先生说点儿什么！这可怎么办啊？当时我的心里就发了毛。虽然我也读过大学，但自己毕竟学的是理工科。自己的文字水平，我自己心里有数。可盛情难却，勉为其难吧！

读邓才升先生的《拨响尘封的心弦》这本散文集时，我一步一步地不断深入到邓才升先生的内心世界中。邓才升先生出生在农村，他苦难但有不乏温馨的贫寒家庭，更有他血脉相连的故园乡亲。在《拨响尘封的心弦》散文集中，写得最真挚动人，写得魂牵梦绕的，还是那些有关骨肉亲情与乡土乡味的篇章。正因为这本散文集子，有滋味感动人，我几乎是一口气粗略读完。我边读边结合平时与邓才升先生的交流交心，除了思考之外，内心确有些荣幸与激动，掩卷之后更生发一种感叹与敬意。

先说荣幸与激动。在这物欲横流的俗世中，有这么一位才华横溢的朋友，随时可推心置腹，照我前行，岂不快意人生、幸运至极？再说感叹与敬意。散文集《拨响尘封的心弦》，无论是亲情、友情、爱情，还是旅途见闻、随笔随心，文章中的情感之真，文字之活，意境之美，无不让人赏心悦目与由衷叹服！看着，读着，崇敬之感，自然而生。

另外，邓才升先生的《拨响尘封的心弦》散文集，还呈现出一种"下层"光度。有近代大学者胡适先生，就我国文学革命曾有说法为证。他说："我们中国几千年的文学史上有两个趋势，可以说是双重的演变，双重的进化，双重的文学，两条路子。一个是上层的文学，一个是下层的文学。上层文学呢？可以说是贵族文学，文人的文学，私人的文学，贵族的朝廷上的文学。大部分我们现在看起来，是毫无价值的死文学，模仿的文学，古典的文学，死了的文学，没有生气的文学，这是上层的文学。但是，同时在这一千年当中，无论哪个时代：汉朝、三国、唐朝、宋朝、元朝、明朝、清朝，到现在，有一个所谓下层的文艺。下层文艺是什么呢？是老百姓的文学。是活的文艺，是用白话写的文艺，人人可以懂，人人可以说的文艺。"

邓才升先生的散文，正是有了"下层"光度与乡土之味，他因此也对人间之一切美好，以及文学和生命，有了厚重感，有了骨质感，这也算是邓才升先生之文风——"下层"之光度。你若有幸，看到了《拨响尘封的心弦》册子，请你慢慢品读。透过文字，你会发现，邓才升先生自始至终，都在文字中不断地寻找生命的本源与价值，寻找生活的快乐和意义。至此，一个真实的邓才升浮了出来，他散文的质朴率真也显露出来。在这样的厚重与骨质中，读者与作家齐咀嚼，共悲欢。互动中，我们生命个体的人生，也就升华到了另一种高度与境界。

妄议妄评，言难达意；精神富矿，不及万一。

谭青才，男，1967年5月生，湖南娄底人。大学本科，香港理想教育国际投资集团董事长，从事教育工作20余年，创立理想职业教育平台、理想幼儿教育体系，2017年荣获改革创新商界诚信领袖，2018年荣获亚洲品牌领军人物，2018年荣获中国管理科学研究院创所学术委员，2018年CCTV《创新中国》栏目特邀嘉宾，2018年担任人社部《职业》杂志副理事长，2018年荣登《职业》杂志封面人物。

爱得越深，心越恐慌

——不是后记的后记

编完这个散文集，我如释重负。

当我将一二十年来，自己在各处涂鸦的所谓散文，筛选并整理成册后，如同初恋中多情的羞涩少年，在等待着约好的情人出现：挠心挠肝，左顾右盼，坐立不安，度日如年。

回首自己这些年来走过的人生之路，串串足迹，深深浅浅，弯弯曲曲。但可喜的是，无论深浅，不管弯曲，路线总是朝着前进的方向。咬紧牙关是心态，强颜欢笑是常态。

其实，生活就是这样。人生之事，不如意十之八九。这，就是对生活最好的理解与诠释。既如此，面对生活，我一直认为，人是要有点儿爱好和精神的，也要有点儿追求与梦想的，否则，活着便失去了乐趣。文学，对我而言，或说是文字，更准确些。对它，我从小就酷爱，视它为追求与梦想。儿时放牛，常常手捧小人书，戏剧小说等，爱不释手；长大后，成为老师，授课读书，文字成为既谋生，又是伙伴；1995年在《萍乡日报》首发习作，铅字累计愈百万，二十余年相恋，痛并快乐着。2007年1月，我骄傲地加入了萍乡市作家协会，成了一名作家，对文字的爱，越陷越深。

　　然，爱得越深，心越恐慌。中国文化、文学或曰文字之博大精深，我等愚辈，焉敢谈爱？因此，爱得越深，惶恐越怯；于是，穷其毕生，只想追随，独自相思，不敢求爱，更没奢望，结婚生子！正如我在散文《永远的母校》中所言：从那以后，羞愧得很，写作于我，鲜有成绩。究其因，我自认为，一半懒散，一半笨拙。

　　文学之路，热爱紧随。路虽崎岖，并不孤单。编辑成集，众爱捧之。有妻卓郴西的浓浓深爱，女儿宝贝邓卓雅的深情目光，为我鼓励；有好友全国劳模、全国人大代表温菲先生，百忙之中，为我序言；有单位同事、领导刘志萍，为我鼓励鞭策；有书画镌刻家李笑龙先生为我四方义卖自己作品借力筹资，并赐序作《无情岁月多情君》，并携学校同窗94农艺班群英——周理、黄建荣、林峰、彭小英、宋玉刚、张洪波、李鑫芳、曾水平、阳苗等慷慨资助；有香港理想教育国际投资集团创始人兼董事长谭青才先生、总经理吴杰先生，为我"助情助力"；有我的恩师现任芦溪中学校长潘满生先生，芦溪中学副校长严海荣、工会主席吴拥华先生、办公室副主任黄新浩先生，为我给力；有家乡人、亦徒亦友的曾小伟先生，为我加油呐喊；有任芦溪县现代城建材市场"中腾装修设计有限公司"总经理杨昌先生，有任芦溪县现代城建材市场"久盛实木地板"总经理的李树俊先生，为我帮忙；有同仁、当地企业家廖江平先生为我真情赞助；有亲朋挚友：二哥邓旭升，四哥东升，堂妹夫王圣萍，挚友周元勇、刘向红、叶卫萍、陈爱萍、肖圣、李学军、刘绍萍，同学何柳、杨启友、曾政萍、贺明贤、彭象武，芦溪县人大副主任、芦溪民盟主委黄乔路，常态关注，大力支持；有汤氏餐饮服务公司总经理汤外生与妻子郭秋兰夫妇，倾心支持，老校长彭余康先生，同事易海英、冯勇、周章荣、王祖德、敖会清、李秋华、李云海、段武安、朱忠兰、肖杏德、朱海军、林文春、廖恒俐、敖英、曾玲、彭艳、漆月华、叶青、肖凤梅等，百忙之中为我建议。对于你们，鞠躬长谢。

以上所有的所有，难以一一列表。你们的理解，你们的帮助，你们的支持，你们的关爱，是我坚持的动力，是我自信的支撑，是我前进的推力，常常令我语咽，令我泪涌，令我感怀，令我暖心。

文表人心，人心如文；心越恐慌，越想深爱。